浪人奉行

十二ノ巻

稲葉稔

双葉文庫

目次

浪人奉行　十二ノ巻

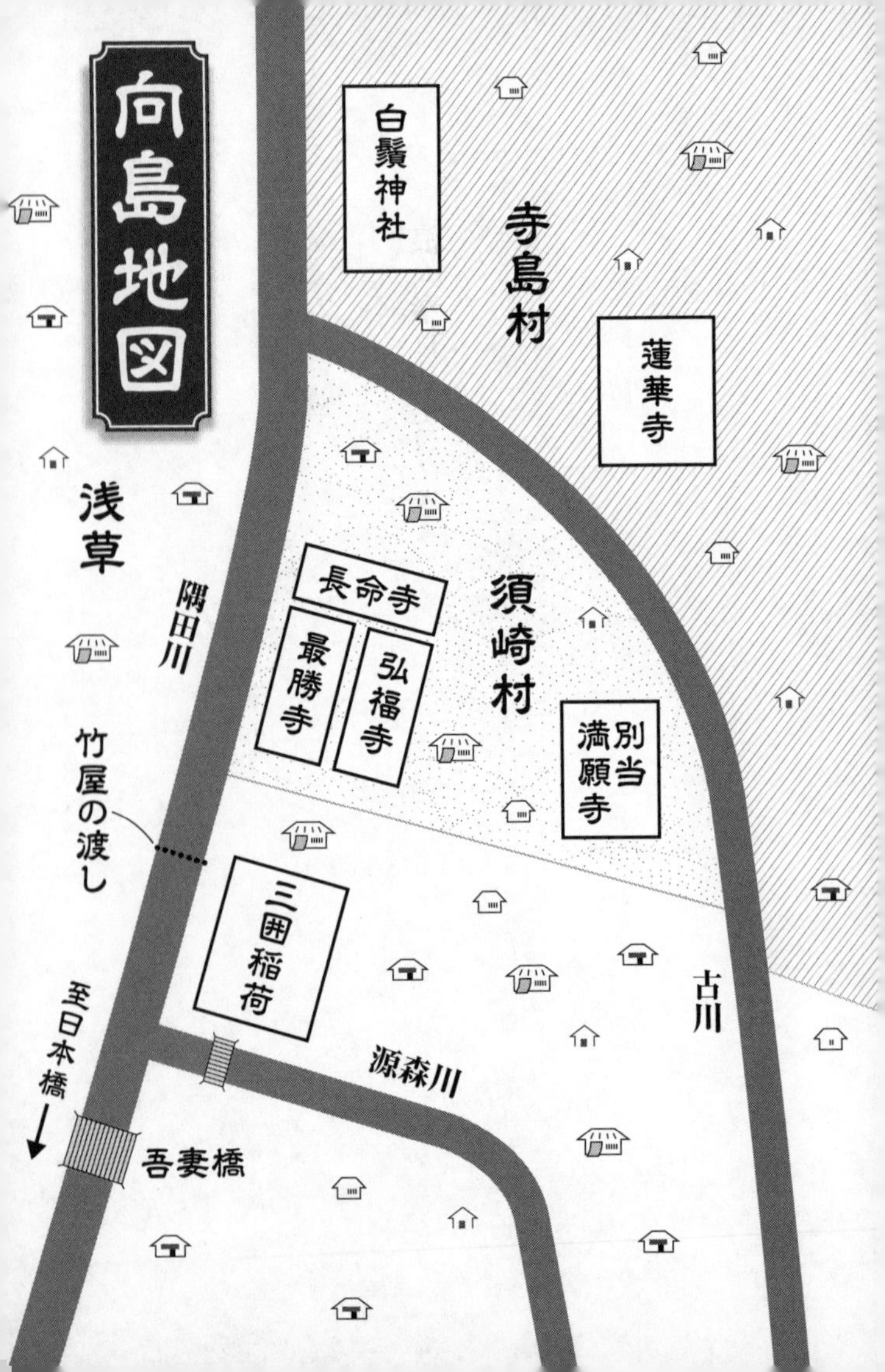

向島地図
白鬚神社
寺島村
蓮華寺
浅草
長命寺
須崎村
隅田川
最勝寺
弘福寺
別当満願寺
竹屋の渡し
三囲稲荷
至日本橋
古川
源森川
吾妻橋

ときは天明《てんめい》――。

諸国は飢饉《ききん》により荒れていた。原因となったのは、天候不順による暖冬と旱魃《かんばつ》、洪水、さらに岩木山《いわきやま》と浅間山《あさまやま》の噴火が挙げられる。

とくに東北地方は悲惨を極め、ひどい食糧危機に陥《おちい》り、ときには人肉を食らい、あるいは草木に人肉を混ぜ犬の肉と称して売ったりするほどだった。

口減らしのための間引《まび》きや姥捨《うばす》てはあとを絶たず、行き倒れたり餓死《がし》する者も珍しくなかった。飢餓《きが》に加え疫病《えきびょう》まで蔓延《まんえん》し、わずか六年の間に九十二万人あまりの人口が減ったといわれる。

米をはじめとした物価は高騰《こうとう》の一途《いっと》を辿《たど》り、江戸で千軒の米屋と八千軒の商家が襲われ、騒乱《そうらん》状態は三日間もつづくありさまだった。

これを機に、将軍家斉《いえなり》を補佐する老中筆頭《ろうじゅうひっとう》の松平定信《まつだいらさだのぶ》は改革に乗りだすも、その効果ははかばかしくなく、江戸には食い詰めた百姓や窮民《きゅうみん》が続々と流入し、治安悪化を招いた。

在方《ざいかた》から町方に流れてくるのは、そんな輩《やから》だけではない。浮浪者、孤児《みなしご》、無宿《むしゅく》の無頼漢《ぶらいかん》、娼婦《しょうふ》、やくざ、掏摸《すり》、かっぱらい、追いはぎ、強盗……等《など》など。

幕府は取締りを強化し、流民《りゅうみん》対策を厳しく行ったが、町奉行所の目の届かぬ郊外では、宿場荒らしや、食い詰めた質《たち》の悪い百姓や無宿人、あるいは流れ博徒《ばくと》が跳梁跋扈《ちょうりょうばっこ》し、無法地帯と化していた。

第一章　監禁

一

神田川《かんだがわ》を上ってきた一艘《いっそう》の猪牙舟《ちょきぶね》が牛込御門《うしごめごもん》手前の物揚場《ものあげば》のそばにつけられた。その先に舟を乗り入れることはできない。

牛込御門には先の堀から水を落とす幅二間ほどの堰《せき》があり、水が流れ落ちている。つまり大川《おおかわ》から柳橋《やなぎばし》をくぐり、神田川を上ってきた舟はそこが終着地になる。

舟から物揚場にあがったのはひとりの侍だった。船頭は艫板《ともいた》に腰を下ろし、煙管《きせる》を吹かしていた。

河岸道にあがった侍の名は塩見平九郎《しおみへいくろう》といった。六尺はあろうかという偉丈《いじょう》夫《ふ》だ。絣《かすり》の着流しに両刀を差し、少し胸をはだけていた。ぞろりと顎《あご》の無精ひげを撫《な》でながらあたりに視線を這《は》わせた。

すでに日は落ち、徐々に闇が濃くなろうとしている時刻だ。通りを歩く人の姿も昼間に比べると格段に少ない。

「ここです」

横町からひとりの男が荷車を引いてあらわれた。股引《ももひき》に腹掛け半纏《はんてん》、そして頰《ほ》っ被《かむ》りをしていた。見るからに車力然《しゃりきぜん》としている。

「首尾はよいか？」

平九郎が問うと、

「そのはずだ」

と、荷車を引く男は応じ、あたりを警戒するように見た。

「まいるぞ」

平九郎が歩き出すと、荷車があとにつづいた。

二人は宵闇《よいやみ》を濃くする堀端の道を四谷《よつや》方面に向かった。堀の向こうは番町《ばんちょう》の武家地で、大名屋敷や旗本屋敷が闇に包まれ黒く象《かたど》られていた。堀の水面《みなも》に映り込んだ月が揺れるように動いている。

「うまくいくかな」

荷車を引く男が声をかけてきた。

「やらねばならんのだ」

「それはそうであるが……」

「左馬助《さまのすけ》、いまさら何をいう。肚《はら》を括《くく》ってやると決めたのだ。気弱なことを申すでない」

「おぬしはしくじったときのことを考えておらぬのか」

平九郎は左馬助を振り返ってにらんだ。

荷車を引いているのは近藤《こんどう》左馬助といった。御徒組《おかちぐみ》の下士である。平九郎も同じ御徒だったが、粗相をやらかしお役御免となり、浪人身分に落ちていた。

「さようなことを考えたら何もできぬ。たわけがッ」

平九郎は黙々と足を進めた。

船河原町《ふながわらちょう》、市ヶ谷田町《いちがやたまち》三丁目と過ぎる。ところどころ居酒屋や小料理屋の掛け行灯《あんどん》や提灯《ちょうちん》のあかりが道にこぼれている。もう夏は過ぎつつあるが、ときどき夜蟬《よぜみ》がか弱くジィと鳴いていた。

市ヶ谷田町上《かみ》二丁目に差しかかったとき、横町の暗がりからひとりの男が出てきて、こっちだと顎をしゃくった。

大橋米太郎《おおはしよねたろう》という仲間だった。その辺の町人のなりをしている。

「押さえたか？」

平九郎が聞くと、

「造作なかった」

と、米太郎が答え、先に歩き出した。平九郎と左馬助はあとにつづく。暗がりの道に荷車の音がひびく。平九郎は気になったが、車輪の音を消すことはできない。とにかく事をうまく運ばなければならない。

「そこだ」

米太郎が小走りになって少し先の暗がりに向かった。

そこは小さな空き地で、竹藪《たけやぶ》と数本の杉、そして二本の欅《けやき》の立つ場所だった。欅の根方にこんもりとした黒い影が横たわっていた。

「岸本屋《きしもとや》の娘に相違ないだろうな」

平九郎は米太郎をにらむように見た。

「間違いない。乗せるぞ」

地面に横たわっているのは若い娘だった。気を失っているようだ。米太郎がその娘を抱きかかえて荷車に乗せ、筵《むしろ》をかけた。そのときだった。

「ううっ……うっ……」

うめくような声を漏らして、娘が起きあがろうとした。平九郎はハッとなって、娘の体を押さえた。

「た、助けて……」

娘はもがくように体を動かして掛けられている筵を剝《は》いだ。一瞬、娘の驚愕《きょうがく》した白い顔が月明かりに浮かんだが、平九郎の手刀を首の後ろにもらって昏倒《こんとう》した。

「猿ぐつわをかけるのだ」

そう言った米太郎が自分の手拭いを使って、娘の口を塞《ふさ》いだ。

左馬助が筵を掛け直し、

「急ごう」

と言って荷車を引きはじめた。

平九郎と米太郎はその荷車を護衛するように夜道を急いだ。三人とも無言だった。娘がうめきを漏らさないかと心配だったが、気を失ったままでぴくりとも動かない。

平九郎は悠然と歩いてはいるが、内心ハラハラしていた。こんなときに声をかけてくる者はいないだろうな、知り合いに会いはしないだろうなと、気が気でない。大事なのはこれからである。

とにかく待たせている舟に戻るまでは油断できなかった。自身番《じしんばん》の前を通るときには、心の臓が早鐘を打った。

焦りがあるので、思わず声をかけた。

「左馬助、急げ」

「思いの外重いのだ。文句をいうなら手伝え」

荷車を引く左馬助が不平顔を向けてきた。

平九郎はちっと舌打ちをしたが、手伝うことなどできない。侍が車夫のように荷車を引いたり押したりすれば、それこそ怪しまれる。

黙って歩きつづけるが、車輪の音がやけに大きく聞こえるのは気のせいか。縄《なわ》暖簾《のれん》から出てきた男がじっと見てきた。気にすることはないだろうに、何もかもが気になってしかたなかった。

しかし、ようやく待たせている舟に戻ることができ、気を失ってぐったりしている娘を乗せると、

「よし、急いで戻るのだ」

と、船頭役の八十五郎《やそごろう》に指図した。

八十五郎が棹《さお》で岸を押すと、猪牙舟はすいっと水の流れに乗り、ゆっくりと暗闇のなかを進みはじめた。

二

岩城升屋《いわきますや》は日本橋《にほんばし》の越後屋《えちごや》にも引けを取らぬ大商家。麹町《こうじまち》五丁目にでんと構えたその店の敷地は、町の半分を占めている。間口三十六間もある。敷地内には十一棟の蔵があり、番頭・手代・小僧（丁稚《でっち》）・女中・下男など五百人の奉公人を擁《よう》している。

そのてっぺんにいるのが九右衛門《きゅうえもん》である。齢《よわい》五十に差しかかろうとしているが、まだまだ意欲旺盛だ。

金に困ることはない。子宝にも恵まれている。古女房とはまあまあの仲だし、奉公人たちもよくはたらき、九右衛門を敬《うやま》っている。成功者の鑑《かがみ》といっても過言ではなかろう。まことにもって幸せ者、果報者である。

が、しかし、九右衛門を憂鬱《ゆううつ》にさせることがある。またその日が近づいてきた。

店の奥座敷で帳面をあらためていた九右衛門は、ふうとため息をつき、筆を置いて、表の庭を眺めた。

風鈴がちりんちりんと鳴っている。夏の盛りは過ぎ、秋の気配が漂う時候だが、庭の木々に張りついた蟬《せみ》たちがこれが最後とばかりに鳴いている。

憂鬱なのは、奉公人七人の命日が近いからだった。七人の奉公人は押し入った盗賊に命を奪われたのである。

八百両という大金をまんまと盗まれたのは悔しいが、それより何の罪もない奉公人たちが殺されたことが悲しくてならない。

心の傷は癒《い》えつつあるが、それでも命日が近づくと気が塞ぎがちになる。九右衛門は心根のやさしい男なのだ。

（今年もちゃんと供養してやらねば……）

胸のうちでつぶやき、空に浮かぶ雲を眺めた。そのとき廊下から声がかかった。

「旦那様、岸本屋さんがお見えですが、いかがいたしましょう。お忙しいようでしたら出直していただきますが」

声の主はもうすぐ手代にしてもよい奉公人だった。番頭や手代の躾《しつけ》がよいので、伺い方を心得ている。

「お通しなさい」

岸本屋ならむげに断ることはないからそう答えた。

廊下から足音が消えると、九右衛門はまた空を眺め、殺された七人の供養をどうしようかと考えた。

亡骸《なきがら》はそれぞれの実家に戻されているが、九右衛門は七人の供養塔を近くの栖《せい》岸院《がんいん》に建てている。今年も隆観和尚《りゅうかんおしょう》にお経をお願いしなければならない。

「升屋さん、お邪魔いたします」

ぼんやり考え事をしていると、座敷口に岸本屋の主・惣兵衛《そうべえ》があらわれた。

「お久しぶりですね。どうぞ遠慮なくお入りください」

九右衛門はにこやかな顔で惣兵衛を迎え、文机《ふづくえ》から離れて向かい合った。岸本屋は材木問屋の主で、市ヶ谷や番町界隈《かいわい》の大工棟梁《とうりょう》らを得意にしているやり手だった。

「お変わりなくようございました」

惣兵衛はまっすぐな視線を向けてくる。材木仕事をしているのでよく日に焼けていて血色もよい。歳は九右衛門より下で、三年前に女房を亡くし、一年ほど前にに後添《のちぞ》いをもらっていた。気性の荒い職人を使っているが、当の本人はじつに人人あたりがよく気の利く男だ。

なぜか、九右衛門とは馬が合うので、ときどき料理屋で盃《さかずき》を傾けあうこともある。

「今日は何かご用でもありましたか」

「たまには升屋さんのご尊顔を拝みたいと思ってきた次第です」

九右衛門の店は岩城升屋であるが、ほとんどの者は「升屋」と省いて呼ぶ。

「それはまた嬉しいことを。何かよいことでもありましたか？」

「まあ、このご時世です。吉と出る話はなかなかございません。それより……」

惣兵衛は言葉を切って少し顔を曇らせた。

「それより何でしょう？」

「あ、いえ、何もかも高直《こうじき》になって困ります。材木然《しか》りです」

「まあ、それはどこも同じでしょう。飢饉のせいだといつまでもいってはおれないのですが、その辺が難しいところです」

たしかに飢饉のあおりを受けて物価は高騰の一途である。一升六十文だった米は二百五十文、五十文だった大豆も百五十文、小麦も五十五文から二百文という按配《あんばい》だった。

庶民の暮らしが苦しくなるのは致し方なく、それがために行き倒れがあとを絶たず、犯罪も増えていた。

惣兵衛はひとしきりそんな話をしたあとで、

「それにしても災難というのは突然やってくるものですね」

と、ため息をつく。いつになく覇気《はき》がないし、どこか落ち着かない様子でもある。

九右衛門は、惣兵衛がただの暇潰しに来たのではないと思っているし、何か話があるはずだと踏んでいる。しかし、惣兵衛は切り出せないでいるようだ。

「災難は懲《こ》り懲《ご》りです。我が身に降りかからないのを祈るばかりです。何かそんなことでもありましたか……?」

問われた惣兵衛は視線を彷徨《さまよ》わせ、何かを口にしかけて喉元《のどもと》で呑み込んだ。これはおかしいと九右衛門は思った。

それに惣兵衛は日に焼けているからよくわからないが、いつもより血色がよくない。普段はハキハキとものをいう男なのに、今日は口ごもっている。

「いや、災いなどというものではありませんが、いや……そのまあ」

「何でしょう。惣兵衛さん、何か困りごとでもあるのではありませんか。いつもと様子が違いますよ。わたしになにか大事な話をしに来たのでしょう」

「まあ、大事な話というのではなく……」

惣兵衛はもじもじと膝《ひざ》の上の手を動かす。

「人にいえないことですか？」

うつむいていた惣兵衛はハッと顔をあげた。

「人にいえないことです」

「わたしにも話せませんか。わたしに話すためにいらっしゃったのでしょう。だったらお話しなさいな。決して他言などしませんから。ひとりで悩んでも埒《らち》の明かないことは多々あります。話せば気が楽になることもあるでしょう」

「おっしゃるとおりです」

惣兵衛はうつむいて唇を嚙《か》み、それから顔をあげた。

「ここだけの話にしてもらえますか。じつは升屋さんにならば聞いてもらえると思い訪ねてきたのです」

「何がありました？」

「娘が攫《さら》われたのです。上の律《りつ》です」

「えッ」

驚かれずにおれなかった。

お律は惣兵衛の長女で、その下に二人の妹がある。惣兵衛は男子に恵まれないので、いずれお律に婿《むこ》を取らせて店を継がせるといっていた。

「それはいつのことで？」

「三日ほど前です。夕方出かけたきり戻ってこないと思ったら、律を預かっている、五百両と引き換えに無事に戻してやると、そんなことの書かれた文が届いたのです」

「それでは金目当ての人攫いではありませんか。いったい相手は……といってもわからないでしょうが、何か心あたりはないのですか？」

惣兵衛はありませんと首を振り、

「御番所《ごばんしょ》に知らせたら律の命はないと思えと、文にはそんなことも書かれていました。相手が誰で、どこに連れ去られているのかさっぱりわかりません。このことを知っているのはわたしと女房だけでして、いったいどうしたらよいものか……」

「その後、相手からの知らせは？」

「まだありません。あれば、金の用意をするしかないと思うのですが、五百両は大金です。いますぐにというわけにはまいりません」

九右衛門は困り果てている惣兵衛を眺めた。ひょっとすると金を借りに来たのではないかと勘繰《かんぐ》った。

五百両は大金だ。立て替えてもよいが、九右衛門は金の貸し借りはしたくない。それは先代の親からのいいつけであり、しっかり守ってきている。金の貸し借りで人間関係が破綻《はたん》するからである。実際、そんな話は身のまわりにいくらでもある。

「升屋さんが、もしわたしだったらいかがされます？」

惣兵衛はすがるような目を向けてきた。ふだん威勢のいい男が、ずいぶん情けない顔をしている。そんな顔をされると、救いの手を差し伸べたくなるが、ただ金を貸すだけでは片づかないことのような気がする。

「惣兵衛さん、金の用意はできるのですか？」

「いざとなれば、用立てるしかありません」

それを聞いて九右衛門は少し安堵《あんど》した。惣兵衛は金を借りに来たのではなく、自分の立っている窮地をいかに切り抜けたらよいか、その最善の手がわからないのだ。

九右衛門は腕を組んでしばし考え込んだ。雲が日を遮《さえぎ》ったらしく、部屋のなかがすうっと薄暗くなった。

「惣兵衛さん、お律さんに万が一のことがあったら大変です。とりあえず金の支度だけはして、つぎの知らせをお待ちなさい。その間に手を打ちましょう」

「手を打つ。まさか御番所に相談するというのではないでしょうね。そんなことをしたら律の命がなくなるのですよ」

惣兵衛は狼狽《ろうばい》気味の顔を九右衛門に向けた。

「わかっております。御番所には知らせません。わたしに考えがあります」

「どんな考えがあるとおっしゃるんで……」

惣兵衛は片手を畳《たたみ》について身を乗り出した。

「いまはいえませんが、手を打ちます。わたしにまかせてください」

三

日が暮れるな。

八雲兼四郎《やくもけんしろう》は自分の店「いろは屋」の前に立ち、暮れゆく空を眺めた。

暑い夏は去りつつあるが、それでも町には夏の名残が色濃い。風鈴はまだしまわれていないし、日除けの簾《すだれ》も垂らしてあるし、蜩《ひぐらし》よ待て、まだ出番は終わっていないとばかりに鳴いている蟬もいる。

兼四郎は翳《かげ》りはじめた空を眺めたあとで、縄暖簾をかけて店のなかに入った。小さな店だ。土間に幅広の床几《しょうぎ》を置いただけで、客は十人も入れば満杯になる。もっともそんなことはめったにないのだが、ここが兼四郎の城である。

壁に品書きがあるが、

「めし　干物　酒」――それだけだ。

表が薄暗くなったところで、行灯に火を入れた。

客を待つ間、床几に座り煙管を吹かしながらぼんやりと考えることがある。これからの身の振り方である。

いつまでもこの店をつづけているわけにはいかない。別に商売が苦というわけではないが、やはり自分本来の生き方ではないと、最近思うようになっている。

代々浪人だったので兼四郎も自ずと浪人身分になったが、いずれは仕官をしようと考えていた。そのために芝口《しばぐち》一丁目の長尾《ながお》道場で腕を磨き〝無敵の男〟と呼ばれるようになった。

師の無外流《むがいりゅう》の達人・長尾勘右衛門《かんえもん》が他界したことで道場は潰れたが、兼四郎は剣の道を捨てようとは思わなかった。しかし、朋友の倉持春之助《くらもちはるのすけ》の妻子を自分の落ち度で死なせてしまうという事件があった。

兼四郎は深い後悔と失意の念に苛《さいな》まれ、剣術から遠ざかった。春之助とも絶縁状態になった。しかし、紆余曲折《うよきょくせつ》の末、春之助は兼四郎の非を咎《とが》めず、旧交を復してくれた。

その春之助は八王子《はちおうじ》の実家に戻り、道場経営をしている。そして、兼四郎に師範代として来てくれないかと誘いもしている。

返事は保留にしているが、最近になって勧めに応じようかと思うことがある。

未だその踏ん切りはつけられないが、そう考えるのである。

それに居酒屋の亭主に納まっている自分が、表の顔なのか裏の顔なのかよくわからなくなっている。物事は何につけ白黒はっきりさせるのが性分なのだが、

（つまるところ、この暮らしも悪くないと思っているのかもしれぬな）

と、内心でつぶやき、掌に煙管を打ちつけ、灰を転がし、ふっと吹いて足許《あしもと》に落とした。

そのとき、表から聞き慣れた声が聞こえてきた。

「よお大将、ありがてェねえ。ちゃんと店を開けてくれてるじゃねえか」

やって来たのは大工の松太郎《まつたろう》だった。常連客からは〝松《ま》っつぁん〟と呼ばれている。

「何だ、おれたちが口開けか。てっきりお寿々《すず》さんがいるもんだと思っていたよ」

そういって、やれやれ疲れたぜ、と床几に座ったのは、同じ大工の辰吉《たつきち》だった。

二人とも早速酒をくれと注文する。

兼四郎は前垂れを締め直して板場に入り、準備にかかる。

「お寿々さんをこの頃見ねえが、来てるのかい？」

松太郎が声をかけてくる。

「たまに来てるよ。何だか忙しいみたいだ。お寿々さんもおめえさんたちのことを気にしていたよ」

お寿々とは四十年増《としま》の料理屋の大女将《おおおかみ》である。肉置《ししお》きのよい色っぽい女で、ときどき兼四郎に秋波《しゅうは》を送ってくるが、そこから先に進むことはない。それでも兼四郎に好意を寄せていることを、常連客はよく知っていた。

「それじゃ、おれたちがよろしくいっていたと伝えておいてくれ。お、ありがてえねえ」

松太郎はぐい呑みの酒を受け取って早速口をつける。

辰吉もぐいっとひと飲みして、たまらねえなあと頬《ほお》をゆるめる。

「いま同じ普請場《ふしんば》で仕事してんだ」

松太郎がそういって、他愛もない話をはじめた。兼四郎は聞くともなしに聞きながら、注文の酒を届けたり、酒の肴《さかな》にと漬物を出してやったりする。

勝手におしゃべりをする松太郎に、辰吉は相づちを打って酒を口に運ぶ。辰吉は口数の少ない男だが、酔うと饒舌《じょうぜつ》になる。そんな二人はときどき「大将、大将」と兼四郎を呼んでは、どう思うよなどと声をかけてくる。

「さあ、どうだろうな。おれにはよくわからねえな」

兼四郎は板についた町人言葉で応じる。店ではあくまでも居酒屋の亭主だ。愛想笑いはしないが、口の端に小さな笑みを浮かべることは忘れない。

「ところで松っつぁんよ、おめえも聞いただろう」

酒がまわってきた辰吉が急に真顔になっていった。

「あん、何をだ？」

松太郎は胡瓜《きゆうり》の浅漬けをぽりぽり噛んでいる。

「娘がどうのこうのって話だよ。旦那とおかみさんが話していたじゃねえか」

「ああ、あのことか。そういやあ、お律って娘を見ねえもんな」

「見ねえもんな、じゃねえよ。あの話がほんとうなら、娘は攫われたってことじゃねえか」

板場で鰯《いわし》を焼いていた兼四郎はぴくっと眉《まゆ》を動かした。鰯は品書きにはないが、たまに魚を焼いたり刺身を出したりもする。

「金を用立てるとか、殺されるとか、そんなことをいっていたじゃねえか」

「そこまでおれは盗み聞きしちゃいねえけど、ほんとうかい」

松太郎はギョロ目をさらに大きくして辰吉を見る。

「ああ、おれの耳にはそんな話が聞こえてきたんだ」

「いったい何のことだい？」

兼四郎は焼いた鰯を二人に出しながら訊《たず》ねた。答えたのは辰吉だった。

「おれたちゃ、いま市ヶ谷田町の材木屋で仕事してんだけどよ、そこで娘が攫われて、金を用立てねえと殺されるって話を聞いちまったんだよ。聞く気なんかなかったんだけど、聞こえちまったんだ。それでよく考えりゃ、三人いる娘のひとりの顔を見ねえと思ってさ」

「そりゃあ聞き捨てならねえな」

「だろ。ありゃあ冗談でいってんじゃなかったよ。他の使用人は知らねえようだが、お律っていう娘をここ二、三日見ねえんだよ。ほんとに攫われたんじゃねえかな」

「誰が攫ったんだ？」

松太郎が能天気なことをいう。

「そんなこたァおれにわかるわけねえだろう。わかってりゃ町方が出張って捕まえてくれんだろう」

辰吉は鰯をつまんで口に入れた。

「その話がほんとうなら騒ぎになっているはずだ。だが、誰も騒いでねえじゃねえか。おめえは小せェことを大袈裟《おおげさ》にいうことがあるからな」

「何だよ、おめえだって聞いたじゃねえか」

「全部聞いたわけじゃねえからな。ま、そんな物騒な話は打っちゃっとけばいいんだ。おれたちゃ仕事するだけでいいんだ。妙なことに首突っ込むと、とんだ火傷《やけど》しかねねえだろう。なあ、大将」

松太郎は兼四郎に同意を求めて、酒の追加を注文した。そのことで、辰吉が切り出した話は終わりになり、話題は他のことに移っていった。

四

朝靄《あさもや》のなかに男が立っていた。

昇ったばかりの日はうすい雲の向こうにあり、男の顔ははっきりしないが、

「兼四郎、覚悟ッ!」

そう吐き捨てるなり、すらりと抜いた刀を上段にあげて間合いを詰めてきた。

兼四郎は腰を落とし、刀の柄《つか》に手を添えたまま相手の出方を見ている。

男はさらに間合いを詰めてきた。誰なのか顔が判然としない。キィーッと、藪のなかでいびつな鳥の声がした。

「やあ!」

男の刀が唐竹《からたけ》割《わ》りに振り下ろされてきた。

兼四郎は抜き様の一刀で撥《は》ねあげ、素速く刀を引きつけて胴を薙《な》ぎ払うつもりだった。しかし、刀が抜けない。

相手の刀は空気を切り裂きながら脳天を目がけて撃ち込まれてくる。その一刀を防ぐことのできない兼四郎は、頭をたたき斬られ、脳漿《のうしょう》を飛び散らせて地に倒れるおのれの姿を脳裏に描いていた。

刀を抜くことができないならば、後ろに跳びすさる、あるいは半身をひねってかわすしかない。だが、体が固まったように動かない。

「うわー！」

兼四郎は悲鳴じみた声をあげて、うす掛けを剝ぎながら半身を起こした。

そこは自分の長屋の家だった。荒い呼吸をしながら大きなため息をつき、

（何だ、夢だったのか……）

と、安堵しながら額に浮いている汗を手の甲でぬぐった。

腰高障子《こしだかしょうじ》が明るくなっている。井戸端のほうからにぎやかなおかみ連中の声が聞こえてきた。何が面白いのか、ひとりの女が高らかに笑えば、他のおかみたちも笑いはじめた。

慌てたような下駄音がして、「あんた、あんた忘れ物」という声があり、「お、いけねえ。こりゃあうっかりだ」と応じる亭主の声が聞こえた。

長屋には和《なご》やかな雰囲気がある。

兼四郎は夜具《やぐ》を片づけると、腰手拭いで井戸端へ行って顔を洗った。洗濯をしていたおかみが挨拶代わりに、今日も天気がよくていいわねえと、声をかけてくる。もうひとりのおかみが、暑くならなきゃいいけどねと、言葉を添えた。

兼四郎は適当に応じて、顔を洗って手桶《ておけ》に映っている自分の顔をじっと眺めた。無精ひげが生え、目尻のしわが深くなっている。

（おれも歳を取ったな……）

と、内心でつぶやく。もう三十半ばだ。しかたないことだ。

家に戻って茶を飲むために一年中出しっぱなしの火鉢の炭を熾《おこ》し、五徳《ごとく》に鉄瓶をのせ煙管を吹かす。

戸口から吹き込んでくる風が紫煙《しえん》を部屋の奥に押しやった。そのとき、戸口に人の立つ影があった。兼四郎が顔を向けると、

「朝っぱらからすいません」

といって、ちょこんと頭を下げたのは定次《さだじ》だった。

「何だ、ずいぶん早いではないか」

「へえ、それでも五つ（午前八時）は過ぎてますよ。昨夜は遅かったんですか？」

定次は敷居をまたいで三和土《たたき》に入ってきた。

「そうでもない。久しぶりに寝坊したのだ。悪い夢を見て起きたが……」

「悪い夢？」

定次は人なつっこい顔のなかにある目をまるくする。

「何でもない。ただの夢だ。どうしたこんな早くに？」

「へえ、何でもうちの旦那が相談があるらしく、呼んできてくれと頼まれたんです」

「相談……」

「何かわかりませんが……」

定次がうちの旦那と呼ぶのは、岩城升屋の九右衛門のことである。定次は元は北町奉行所隠密廻《おんみつまわ》り同心・由比又蔵《ゆいまたぞう》の小者を務めていたが、由比が労咳《ろうがい》で死んだので身を持て余していた。

そんな頃、升屋の使用人になった。仕事は店に来るこそ泥や万引きをする者たちの監視だ。町方の小者の経験が役に立っているらしく、升屋の被害は極端に少なくなっているらしい。

「また、仕事かな。わかった、すぐに行く」

先に定次を帰した兼四郎は手早く身繕《みづくろ》いをして長屋を出た。

升屋はかつて賊に入られ奉公人を亡くしたことに心を傷めており、それがために凶悪事件が起きたことを知るとじっとしておれなくなって、その解決に兼四郎を駆り出すことがある。

その報酬はひと仕事につき二十両。一日で終わろうが十日かかろうが同じである。

升屋に兼四郎を紹介したのは、栖岸院の隆観和尚である。そして、隆観は兼四郎に「浪人奉行」という仮の職名を勝手につけた。

つまり、兼四郎のもうひとつの仕事が浪人奉行で、升屋が資金提供者になっていた。

升屋を訪ねると、早速奥座敷に通され、九右衛門と向かい合って座った。定次も座敷の隅に控えている。

九右衛門は短い世間話をしたあとで本題に入った。

「八雲様のことですから心配はいたしませんが、これは他言無用で願います。わたしと懇意にしている岸本屋という材木問屋があります。主は惣兵衛さんとおっしゃるのですが、その方の長女が何者かに攫われ、身代金《みのしろきん》をねだられているのです」

「身代金」

兼四郎は眉宇《びう》をひそめた。

「五百両です。娘さんの名前はお律さんと申します。十八の器量のよい娘さんです。岸本屋さんには他に二人の娘さんがおありですが、男子がいません。いずれは長女のお律さんに婿を取らせて跡を継がせるお考えですが、そのお律さんが攫われたのです。命を奪われるようなことがあったら一大事。それも、下の二人の妹さんのひとりは体が弱く、病気がちです。末の妹さんは生まれつき足が悪くて、思うように歩けません。頼りは長女のお律さんなのです」

「ふむ」

兼四郎は真剣な目で九右衛門のつるんとした顔を眺める。目が細く、うすい眉をしている。一見頼りなげな顔だが、商売に関しては右に出る者がいないほどの利け者である。

「もし、このことが露見し、町方が動くようなことになると、お律さんの命はありません。惣兵衛さんはそのことで頭を悩ませておられ、わたしに相談をされたのです。もちろん、わたしが役に立つと思ってのことではなく、誰かに心の悩みを打ちあければ少しは気が楽になるとの思いだったはずです」

「岸本屋は材木問屋らしいが、奉公人たちはこのことを……」

「誰にも知らせていないようです。知っているのは惣兵衛さんと、おかみさんだけです」

「その岸本屋はいま普請をしているのではないか？」

兼四郎は昨夜の大工の松太郎と辰吉のやり取りを思い出していた。

「なぜ、ご存じで？　ええ、新しい材木置場を作っている最中です」

松太郎と辰吉の話はほんとうだったのだと、兼四郎は口を引き結んだ。

「相談を受けた手前、黙っていることはできません。御番所に相談できないとなると、打つ手はひとつしかありません」

要するに兼四郎の出番というわけである。

「話はわかった。それで、岸本屋は攫った相手に見当はついておらぬのか？」

「まったくわからないと申します」

「さりながら五百両の身代金を強請《ねだ》られているのだろう」

「文が届けられたそうでございます」

「文が……」

「はい」

「金と娘の引き換えの場所とその日時はどうなっているのだ？」

「まだ、その知らせはないそうでございます。しかし、手遅れにならないうちに手を打ちませんと、お律さんの命が危なくなります。この一件、頼まれていただけませんか？」

九右衛門は両手をついて頭を下げる。

「そこまで聞いてじっとしているわけにはいかぬだろう。相わかった。早速動くことにするが、岸本屋に会ってもよいのか？」

「先に使いを出して、その旨を伝えておきます」

そういった九右衛門は、部屋の隅に控えている定次を見て、

「わたしの書付を持って行ってもらえないかね」

と、指図した。

五

「あなた、今日は知らせがあるかしら」

縁側で庭にある百日紅《さるすべり》の花をぼんやり眺めていた惣兵衛の背後から、声をひそ

めて女房のお涼《りょう》がやって来た。

振り返ると、大きくふくらんだ腹を気遣ってそばに腰を下ろした。

「今日あれば、金と引き換えにお律を返してもらう」

「お金の支度はできているのですか」

「昨夜すませた」

「大変なことになりましたねえ」

お涼は深刻な顔をして、ふくらんでいる腹をやさしくさすった。惣兵衛はその様子を眺めて、横になっていなくてよいのかと、お涼を気遣う。

「寝てばかりいても退屈ですし、それに腹の子が蹴って起こすのです」

「男かな、女かな……」

惣兵衛は大きな腹を見てつぶやいた。

もし男なら、願ってもない跡継ぎになる。そうなるとお律に婿を取らせなくてすむ。できればそうなってほしかった。

「さあ、お医者はなんともいえないといいます。あ、また動いた。ほら、さわってくださいな」

惣兵衛はお涼の腹に手をあてた。そのままさわっていると、たしかに腹のなかの子の動く感触が掌に伝わってきた。

「元気な子であってほしいな。できるなら男であってもらいたい」

「そうですね」

お涼はうなずく。日の光がその顔を浮き立たせていた。三人の娘を産んだ前妻は三年前に流行病《はやりやまい》に罹《かか》り、あっけなく死んでしまった。

惣兵衛はまだ四十の働き盛りだったし、喪が明けると親戚の紹介を受けてお涼を後添いにした。お涼も夫と死に別れており、互いに似たような身の上だったので、すぐに話はまとまった。

お涼はまだ二十六。惣兵衛とはひとまわり以上離れているが、半年もいっしょに暮らすと、その年の差は感じなくなった。それにお涼は働き者で、細々とした家の仕事を率先してやるできた女房だった。

ただ、先妻の娘三人とはどうもうまくいかず、なかなか打ち解けない。攫われているお律などはお涼を毛嫌いしている。そのことは惣兵衛の頭痛の種だった。

「もし、今日知らせがあったら、相手のいい分を聞かれるのですね」

「しかたあるまい。命には代えられんだろう。それにしても、こんなことがこのおれに起きるとは……」

惣兵衛は悔しそうに唇を嚙んだ。

二人が並んで座っている縁側は日当たりがよく静かだが、屋敷の奥から大工たちの声にまじって槌《つち》や玄能《げんのう》、あるいは板を切る鋸《のこぎり》の音が聞こえてくる。

新しい材木置場を作っているのだった。それにも金がかかるのに、五百両の出費である。お律の命がかかっているとはいえ、五百両は大きな痛手だった。

「旦那様」

ふいに背後から声をかけられた。振り返ると座敷口に手代が手をついていた。

「なんだ？」

「升屋さんの使いが来ています。旦那様にじかに会ってわたしたいものがあるそうです」

惣兵衛は一瞬、お涼と顔を見合わせた。ひょっとすると、升屋を騙《かた》る人攫いの使いかもしれないと思った。

「どうします？」

お涼が不安げな顔を向けてきた。

「どこにいる？」

惣兵衛はお涼から視線を外して手代を見た。

「戸口で待っています」

「……いま行く」

惣兵衛は短く考えてから応じ、それから立ちあがり、

「お涼、無理はいけねえ。いまは大事なときだ。横になっていな」

と、いい置いて戸口に向かった。

升屋の使いは紺股引《こんももひき》に小袖を尻端折《しりはしょ》りした三十がらみの男だった。人なつこそうな丸顔だが、どことなくいやな目つきをしていた。ほんとうに升屋の使いだろうかと、惣兵衛は内心で警戒した。

「あっしは升屋の使用人で定次と申します。惣兵衛さんですね」

「そうだ」

人攫いは家のことを詳しく知っている。おそらく升屋と自分の仲も調べているはずだと惣兵衛は警戒した。

目の前の男は升屋の使いではなく、娘を攫った賊の一味かもしれない。もし、そうだったら忘れてはならないと思い、定次という男の顔を見つめて頭に刻み込んだ。

「主の九右衛門から預かってきたものがあります。じかに渡すようにいわれまし

たので、お渡しします」

差し出されたのは四つ折りの書付だったが、これが賊からの知らせなのだと思い、緊張の面持ちで受け取った。

「あの……」

「なんだ？」

惣兵衛は定次をにらんだ。

「あっしはまた来ると思いますんで、お見知りおきのほどを。では、これで失礼いたしやす」

定次はちょこんと腰を折って表に出ていった。

惣兵衛はそれを見送ってから急いで元の座敷に戻ると、どっかり腰を下ろしてから四つ折りの書付を開いて読んだ。

その字はたしかに見覚えのある升屋九右衛門の字だった。書付に書かれていることは短かったが、惣兵衛は二度三度と読み返した。

「浪人奉行……八雲兼四郎……」

つぶやきを漏らして、いったい何者だと顔をあげた。

六

兼四郎が定次を伴って岸本屋を訪ねたのは、半刻（約一時間）後のことだった。岸本屋の普請場で松太郎と辰吉が仕事をしているのを知っているので、兼四郎は深編笠《ふかあみがさ》を被り顔を見られないようにしていた。

店にいるときと違い、小袖に羽織《はおり》をつけ大小を差している身なりである。そんな姿を見られたら、あっという間に噂が立つのは火を見るより明らかで、今後の商売がしづらくなる。だが、その心配はいらなかった。

定次が岸本屋の戸口に立つと、主の惣兵衛がすぐに迎えに来て奥の座敷に通してくれ、大工らと顔を合わせることはなかった。

「話はおおむね升屋から聞いておるが、いろいろと訊ねたいことがある」

兼四郎は挨拶もそこそこに用件に入った。

惣兵衛は四十がらみの実直そうな面立ちだった。目は気丈だが、見るからに人品《じんぴん》よさげだ。升屋と馬が合うというのも何となく理解できた。

中剃《なかぞ》りを大きく取り、髷《まげ》を細く後ろで結《ゆ》っている。材木屋風と呼ばれる髷だ。

「その前に、八雲様は浪人奉行様でございましょう。いったい、どんなお役目なのでしょうか？」

　当然の疑問であろう。

「浪人奉行とは騙りだ」

「は……」

　惣兵衛はまるくした目と同じように口をぽかんと開けた。

「話せば長いが、騙りの役目を名付けたのは栖岸院の住職、隆観殿だ」

「隆観さんが……」

「これにはいろいろある。それより、お律が攫われたことは他に漏れておらぬのだな」

「女房以外には他言していませんので。あ、升屋さんには話してしまいましたが……」

「だが、用心せねばならぬ。いまここで仕事をしている大工たちがいるであろう。あの者たちに盗み聞きされるようなことがあると、いらぬ噂が立たぬともかぎらぬ」

　兼四郎は釘を刺した。

「あ、はい」

「おそらく使用人のなかにも、突然いなくなったお律のことを気にしている者がいるはずだ」

「たしかにいますが、そこはしばらく親戚の家に遊びに行っていると、うまく話をしてあるので心配はいりません」

「身代金は五百両だと聞いたが、拵《こさ》えることはできるのか？」

「ま、なんとか……」

惣兵衛は苦渋の色を顔に浮かべた。

「金は見せ金でよかろう」

「と、おっしゃいますと……」

「金と引き換えになろうが、必ず娘を救い出す。悪党のいいようにはさせぬ。されど、十分な注意をする必要はあるが、金はせいぜい三、四十両もあればこと足りるはずだ。だが、そのことはまだ後でよい。その前に取引の日時や場所は決まっているのか？」

「いえ、その知らせはまだありませんで……」

「娘を攫った賊に心あたりはないのか？」

「まったくないのでございます」

「昔いた使用人とか、商売のうえで付き合いのある者とか、あるいは出入りの業者などは……」

「そのことはよくよく考えたのですが、さっぱり見当がつきません。商売での揉《も》め事もなければ、付き合いで恨みを買うようなことにも心あたりはないのです」

「すると相手は単なる金目当てでお律を人質にしているということか……ふむ」

兼四郎は独り言のようにつぶやいて言葉をついだ。

「お律が攫われたのはいつだ？」

「四日ほど前です。近所に出かけてくるといったきり戻ってこないと思ったら、翌《あく》る日に文が届けられたのです。娘を預かった。無事に返してもらいたかったら五百両用意しろと書かれてありました。御番所に知らせたりしたら、律の命はないと思えと、そんなことが書かれていまして、こりゃあ大変なことになっちまったと青くなったんです」

「攫われたのは四日前の夕刻ということだな」

「さようです。日の暮れかかった頃でした」

「誰かに呼び出されたのか、それとも何かの用で出かけたのか？」

「その辺のことがよくわからないんです。わたしは買い物にでも行ったのだろうと思っただけでしたから。ふらっと出かけるのは、よくあることなんです」

「脅迫《きょうはく》する文は誰が届けたのだ？」

「それも、よくわからないのです。うちの使用人が近所を通りかかった男に、これを渡すようにといわれたらしく、そのまま持ってきたのです。その使用人に文を預けた男のことをあれこれ聞いたのですが、相手は頬っ被りをした見かけない町人だったらしいのです。顔ははっきり覚えていないともいいます」

兼四郎は膝許《ひざもと》の畳の目を数えるようにしばらく考えた。

脅迫文を使用人に預けた男は、顔を見られないように頬っ被りをしていた。さらに、この界隈に住む者ではなかった。

「新たな知らせが入ったら、あるいは何か気づくことがあったときには、升屋に知らせてくれるか？」

「へえ」

「まずは賊の手掛かりをつかまなければならぬが……」

兼四郎は独白するようにつぶやき、惣兵衛をあらためて見た。

「賊の思いどおりにはさせぬ。とにかくつぎにくる知らせが肝要だ」

「そのときにはすぐに升屋さんに走ります」

「そうしてくれ。またあらためて伺おう」

「何卒よろしくお願いいたします」

「娘の命がかかっている。この件、かまえて他言いたすでない」

兼四郎は念押しをしたあとで、いくつか気になることを聞いてから岸本屋を出た。

七

「どうするのです？」

岸本屋を出るなり定次が聞いてきた。

「お律がどこでどうやって賊に攫われたかを知りたい」

兼四郎はそう答えるが、その術《すべ》がない。

とにかく岸本屋の近くを観察することにした。

岸本屋は市ヶ谷田町上二丁目の南にある。四百坪ほどの敷地を持つ材木問屋だ。その敷地の一角に新しい材木置場が作られている。大工の松太郎と辰吉が駆り出されている普請場だ。

岸本屋のある町の西側には大名屋敷と旗本屋敷が広がっており、その閑静《かんせい》な武家地に上っていく浄瑠璃坂《じょうるりざか》がある。

「この坂ではなかろう」

坂下に立った兼四郎はつぶやいた。人を攫うには静かすぎる。もっとも賊がどんな手を使ってお律を攫ったのかわからないが、町人の娘が武家地を歩けば目立ちすぎる。

兼四郎は坂の上に浮かぶ雲を見てから町屋の表通りに出た。堀端の道である。

「お律が家を出たのは暗くなりかけた夕刻だった。夕闇が濃くなっていたなら、賊の顔の見分けはつけにくかったはずだ」

「お律は家を出る際、提灯は持っていなかったといいますから、近所へ行ってすぐ帰ってくるつもりだったんでしょう」

定次が歩きながらいう。惣兵衛から聞いたかぎりではそうだった。つまり、お律に遠出をする気はなかった。近所に買い物に行ったのだろう。

堀沿いの道には小さな店が何軒もある。隣町にも小さな小間物屋や履物屋、あるいは八百屋《やおや》などがある。夕暮れの道は暗く、人通りも多くなかったはずだ。

「旦那、舟では？」

定次が立ち止まって堀を眺めながらつぶやいた。堀端には材木置場と石置場があり、小さな舟が数艘舫《もや》われていた。

「舟だったとしても、牛込御門までだ。もし、神田川を下るとなれば、牛込御門の堰のある北側に移らなければならぬ」

「そうなると手間ですね」

「うむ」

兼四郎は杉や檜《ひのき》の丸太を積んである材木置場を見た。岸本屋のものだ。この界隈の家屋敷に必要な材木は、そのほとんどが岸本屋で調達される。

隣の田町下《しも》二丁目にも石置場があった。そして、車置場。車は大八《だいはち》がほとんどだが、大きなものや小さなものもある。

「車……」

兼四郎は神楽坂下《かぐらざかした》のほうに視線を向け、来た道を振り返って四谷方面を見た。

「賊を見た者はいないのだろうか？　最後にお律を見たのは誰だろう？」

胸の内の疑問が口をついて出る。

「旦那、それは聞いていませんでした。あっしが聞いてまいりましょうか」

定次がいうと、兼四郎は頼むと応じ、

「おれはもう少し先まで行ってみる。神楽坂下の茶屋で落ち合おう」

といって、そのまま堀端の道を歩いた。町屋が切れると、旗本屋敷の石垣と長《なが》塀《べい》が神楽坂下までつづく。さざ波を打つ堀は日の光に輝いている。

お律が攫われたのは、暗くなってからのこと。いまのように明るい昼間ではなかった。

賊はどうやってお律を攫ったのだろうか……。

疑問の解けぬまま神楽坂下までやって来た。兼四郎は一軒の茶屋の床几に腰を下ろして、目の前を行き交う人や堀向こうの武家屋敷地を眺めた。

そこがどこの家なのか、お律にはさっぱりわからなかった。

日に二度、戸が開けられ、食事が差し出される以外に人の出入りはなかった。食事を運んでくるのは男だというのはわかっていたが、その顔を見たことがない。自分を攫った男たちは細心の注意を払って顔を見られないようにしている。

お律はその家から逃げようと何度か試みたが、戸は固く閉じられ開けることができなかった。雨戸も外から板が打ちつけられて破られないようになっていた。

それにその小さな家は、男たちの監視の下にあるというのがわかった。雨戸を破って逃げようと試みたが、すぐに表から声がかけられた。

無用なことはやめるのだ、おまえを傷つけるつもりなどない。おとなしくしていれば、いずれ家に帰してやるといわれた。

逃げられないと悟ったお律はあきらめたが、それでも心細さと不安、そして男たちの考えがまったくわからなかった。

なぜ、自分はこんなところに閉じ込められなければならないのか？

男たちの目あてが何なのかもわからない。

お律は不安に耐えかね、何度も泣いた。だが、泣いても男たちは同情などしなかったし、やさしい声もかけてこなかった。

一日中暗い家のなかにいるしかなかった。日の光は雨戸の隙間や節穴からこぼれてくるが、夜になれば闇に支配された。

家の造りは質素だった。六畳一間に四畳半、そして小さな台所と厠《かわや》があった。どこかの屋敷の離れだというのはわかったが、その場所などさっぱりわからない。

お律は空虚な座敷にぽつねんと座っていた。雨戸の隙間から漏れ差す日の光の筋が畳に幾本も伸びている。鳥の声が聞こえる。

夜になると虫の声と風の音、そしてときどき表で立ち話をする男たちの声。

男たちは侍だ。町人言葉は使っていない。

表から足音が聞こえてきた。お律はびくっと肩を動かして、地蔵のように体を固め、耳を澄ました。戸口の前に立つ男の気配があった。

「お律」

声がかけられた。

「……はい」

「いましばらくの辛抱だ。二、三日もすれば家に帰してやる」

低い声でそういわれた。お律はハッとみはった目を戸口に向けて、

「今日帰してください！」

と、悲鳴のような声を張った。

「今日明日は無理だ」

「なぜ、何のためにわたしにこんなことをするのです？　わたしが何か悪いことでもしましたか？　お願いです。帰してください！　帰りたい、帰りたいんです！」

「わかっておる。すべてはおまえの親次第だ。その返事を明日にもらう。おまえが帰るのはそのあとだ」

「わたしの親が……どういうことです?」

「おまえにいうことではない」

その言葉を機に男の気配が消え、足音が遠ざかっていった。

「助けてください!　助けてください!　帰して、帰してください。ううっ……」

お律は叫び声をあげたが、最後は嗚咽《おえつ》になった。畳に突っ伏して肩をふるわせ泣きつづけた。

第二章　見せ金

一

「旦那様、旦那様……」

奥の部屋から女中が慌ただしくやってくる足音がしたと思ったら、すぐに縁側に姿をあらわして跪《ひざまず》き、

「産まれました。男の子です」

と、顔に喜色を浮かべて見てきた。

「なに、男の子だったか」

惣兵衛も目をみはり、よかったと安堵の色を顔に浮かべた。同時に奥の部屋から元気な赤子の声が聞こえてきた。

惣兵衛は尻を浮かして、

「いま会いに行ってもいいのか?」

と、女中に聞いた。

「しばしお待ちください。お婆さんに聞いてきます」

女中はそういうと、すぐに去って行った。お婆さんというのは、取りあげ婆(産婆《さんば》)のことだ。

惣兵衛は立ちあがって部屋のなかを歩きまわった。やっと男の子を授かったという喜びが胸の内にわいてくる。

「そうか、男であったか。よかった、よかった」

思わず内心の喜びが言葉となって漏れた。女中がすぐに戻ってきて、

「旦那様、もう会えます。元気なお子様です」

と、知らせてくれた。

惣兵衛は座敷を出ると縁側を右へ左へと曲がって、お涼が横になっている産所の前に立った。その部屋は明るい日の光に包まれていた。

お涼は産まれたばかりの赤ん坊を抱いて微笑んでいた。お湯を張った盥《たらい》のそばにいる取りあげ婆も嬉しそうな笑顔を向けてくる。出産に付き添っていた二人の

女中も同じように笑みを浮かべていた。

惣兵衛は赤ん坊を抱いているお涼の枕許《まくらもと》に座ると、しげしげと赤ん坊を眺めた。まだ目を開けていないが、小さな手足を動かし、愛らしい唇の隙間から泣き声を漏らした。

惣兵衛は赤ん坊の頰と手足をやさしく撫で、男の象徴である可愛い股間のものを見た。

「お涼、男の子だ。立派な男の子だ」

惣兵衛の言葉を受けて、お涼はうんうんとうなずく。

「よく産んでくれた」

「はい、この子が岸本屋の跡取りです」

お涼は小さな声でいう。額に浮かんだ汗を、取りあげ婆がそっと拭き取った。

「そうだな、わしの跡取りだ。岸本屋を継ぐのはこの子だ」

惣兵衛は込みあげる喜びを嚙みしめながら、何度もうなずいた。

「さ、産着《うぶぎ》を着せなければなりません」

取りあげ婆がそういって惣兵衛に顔を向け、あとでゆっくり会ってやってくださいと言葉を足した。

惣兵衛はそのまま産所を出て、自分の座敷に戻った。明るい日差しに包まれている庭を眺める。思わず笑みが浮かぶ。

さっきまで攫われたお律の心配をしながら、昨夜急に産気づいたお涼が無事に赤ん坊を産んでくれるだろうかと気を揉んでいた。

しかし、お涼は元気な男の赤ん坊を産んでくれた。これほど嬉しいことはない。先妻は三人の娘を産んだきり先立ったが、後添いのお涼が念願の男の子を産んでくれた。これほど嬉しくて喜ばしいことはない。

これで岸本屋も一層の力を入れて、盛り立てなければならないという思いが募ってくる。

（よかった、よかった、じつにめでたいことだ）

惣兵衛は内心でつぶやきながら何度もうなずいた。そこへ手代がやって来た。

「旦那様、文が届きました」

「なに……」

惣兵衛が顔を向けると、手代は敷居を越えて近くまで来て一通の書状を手渡した。差出人の名前は書かれていない。それまで満面に笑みをたたえていた惣兵衛の顔が、ゆっくりこわばった。

「誰が持ってきた？」

「近所の子供です。旦那様に渡すようにいわれたといって、わたしに渡したのです」

「その子供はどこの子だ？　顔を見たか？」

「顔は見ました。ときどき町で見かける子供です。どこの子かわかりませんが……何か？」

訝《いぶか》しそうな顔をする手代に、下がれといってから、惣兵衛は恐る恐る封を切った。

文は用件のみを伝えるものだった。やはり差出人の名前など書かれていない。

欣喜雀躍《きんきじやくやく》したい心持ちだったのに、いきなり崖の上から突き落とされるような失望感に襲われた。

（五百両を……）

文を持つ手がふるえた。

お律を救うために金の支度をしなければならない。そう思う矢先に、心ない考えが浮かんでくる。

もはやお律を頼みにすることはない。跡取りが産まれたばかりだ。お律には婿をと考えていたが、嫁にやればいいことになった。そんな娘のために五百両をつぎ込む必要はないのではないかと、邪《よこしま》な考えが浮かんでくる。

（いかん、いかん。律はわしの娘だ）

惣兵衛は悪い思いを打ち消すように首を振った。

「しかし、どうすれば……」

声を漏らしたと同時に、浪人奉行だという八雲兼四郎の顔が脳裏に浮かんだ。

あの侍は、必ずお律を救い出すと力強いことをいったあとで、金はせいぜい三、四十両あればこと足りるはずだともいった。

（三、四十両で娘を取り返すことができるのか……）

ほんとうにできるなら、そんな金など惜しくない。何より大事なのは、お律の命である。無事にこの家に戻ってきてもらうことである。

惣兵衛は口を引き結んで、文をくしゃくしゃに丸めようとしたが、すんでのところで思いとどまり、これは兼四郎に見せるべきだと気づいた。

（升屋に行かなければ……）

惣兵衛はきゅっと口を引き結んで立ちあがった。

二

その日の調べは遅々として進まず、お律を攫った賊の手掛かりをつかむことはできなかった。

兼四郎は調べを焦ってもしかたない。いずれ、岸本屋へ賊からの連絡があるはずだし、なければならないと判断し、その日は一旦引きあげて自宅長屋に戻ると、いつものように店に出た。

すでに日は暮れかかっており、腰高障子が西日にあぶられていた。

今日は何も仕入れていないので、客に出せるのは鯵《あじ》の干物が数枚、それに漬物のみである。だが、飯だけは炊いておかなければならない。

板場に入り米を研《と》ぎ、竈《かまど》に釜をかけたとき、表から下駄音が聞こえてきた。兼四郎はぴくりと眉を動かして戸口を見た。まだ暖簾はかけていないが、すぐに人の影があらわれた。

「大将、まだ開店前ね」

気さくな声をかけて寿々が入ってきた。兼四郎は前垂れで手を拭きながら板場を出て、

「今日は少し早いんじゃないか」

と、応じた。

「そうなのよ。いろいろやることが多くって。少し休んで行きたいところだけど、大将に渡したいものがあるのよ」

寿々は床几に座って、手に提《さ》げてきた風呂敷包みを開き、海苔《のり》の束と大きな鰹節《かつおぶし》三本を取り出して、兼四郎にもらってくれという。

「こりゃあ上等の海苔と、立派な鰹節じゃねえか。もらっていいのかい？」

兼四郎は思いもよらぬ贈り物を見て怪訝《けげん》な顔をした。

「いいも悪いも、買い物していたら大将の顔が瞼《まぶた》の裏に浮かぶじゃない。仕入れついでに多めに買ってきたのよ。遠慮しないでもらってくださいな」

寿々はにっこり微笑んで色っぽい目を兼四郎に向け、わたしの大将なんだもの、と今度は甘えた言葉を足す。

「そりゃありがてェが、うちの店にゃ似合わねえ上々吉の品だ」

「たまにはご贔屓《ひいき》の客に喜んでもらったら」

寿々は艶然《えんぜん》と微笑み、風呂敷を包み直す。

「すまねえな」

「わたしと大将の仲じゃありませんか。遠慮はなしよ」

兼四郎は一度だけだが寿々が抱えた厄介ごとをうまく片づけてやったことがある。そのとき、初めて寿々の店に行き、内情を知ることになった。ただし、このことは二人だけの秘密で、他言はしないと約束している。

「一杯飲んで行くかい？」

「そうしたいのは山々だけど、今日は大事な客が見えるから遠慮しとくわ」

「そりゃ残念だ」

「残念なのはわたしよ。大将とゆっくりしたいのよ、ほんとうは」

寿々はひょいと首をすくめ、また兼四郎にうっとりした目を向ける。肉置きのよい四十年増だが、大人の色香《いろか》を漂わせているし、胸元や襟足の肌の白さはまぶしいほどだ。

「ま、今度暇なときに酒の相手ぐらいするさ」

兼四郎が素っ気なく答えると、寿々はぷいっと膨れた顔をした。

「酒の相手ぐらいだなんて、いやないい方。ん、もう」

寿々は兼四郎の二の腕をつねった。

「痛ッ。悪かった。とにかくこれはありがたくいただくよ」

「それじゃまたね。ああ、名残惜しいわ。後ろ髪を引かれるってこのことねえ」

寿々はそういうと、戸口の前で立ち止まって振り返り、片目をつぶって風のように去って行った。店のなかには寿々がつけていた匂い袋の甘ったるい香りが残っていた。

兼四郎はもらい物を板場に運び、表に出て暖簾をかけた。さっきまで西日が射していたが、いまはその光も翳って夕靄《ゆうもや》が迫っていた。

兼四郎が軒行灯《のきあんどん》をつけようとしたとき、

「旦那」

と、ひそめられた声がかけられた。振り返ると定次がすぐそばに立っていた。

「何かあったか？」

「へえ、すぐに升屋の旦那のとこへ行ってもらえませんか。岸本屋に賊から新たな知らせが入ったんです」

「なに」

「賊が何をいってきたのかわかりませんが、岸本屋に届いた文があります」

「わかった。すぐ行く」

兼四郎は竈の火を落とすと、店を閉めて升屋に急いだ。

小半刻（約三十分）もせずに、升屋の奥座敷で兼四郎は岸本屋惣兵衛に届けられた文に視線を落としていた。

「お律さんと金の引き換えは明日です。いかがします」

九右衛門が低声でつぶやくようにいった。兼四郎は文から顔をあげて、

「知ったからには指をくわえているわけにはいかぬ」

と、文を丁寧に畳んで、九右衛門に返した。

「その文、しばらく捨てずにしまっておいてくれぬか。向後《こうご》どうなるかわからぬが、いざというときには証拠となるはずだ」

「承知いたしました」

「賊が何人なのかわかりませんが、相手は町方の動きを警戒していますから、十分気をつけてください」

「取引の場所がわかったのだ。先に乗り込みどうするか考えるが、お律は必ず救い出す。その前に岸本屋にも会わねばならぬ。文がどうやって届けられたかを知りたい」

「ごもっともなことでしょう」

「定次、いっしょについてきてくれ。他にも調べたいことがある」

兼四郎が隅に控えている定次にいうと、定次は心得た顔でうなずいた。

「八雲様、岸本屋の惣兵衛さんは立派な商人で、うちのお得意様でもありますけれど、なによりもお律さんはいずれ岸本屋を継ぐ婿を取らなければならない大事な娘さんです。わたしからもよろしくお願いいたします」

九右衛門はそういって頭を下げたあとで、用意していた金包みを兼四郎に手わたした。

「物入りのときにお使いください」

「かたじけない」

そのまま兼四郎は升屋を出たが、自分の店にいる身なりのままだった。岸本屋で話を聞くにはあまり相応《ふさわ》しくないので、一度長屋の家に戻って着替えをし、急いで岸本屋に足を向けた。

三

金とお律との引き換え場所は、須崎村《すさきむら》にある長命寺《ちょうめいじ》北側用水のそば。

時刻は夕七つ（午後四時）と、賊は指定していた。

「旦那、賊は御番所の支配の及ばぬところにいるってことになります」

岸本屋に向かいながら定次が顔を向けてくる。手にしている提灯で兼四郎の足許を照らしていた。

「町方を嫌うのは当然のことであろう。しかし、あの地は天領ではなかったか」

「おっしゃるとおりです」

「天領であっても公儀目付《こうぎめつけ》が動くことはめったにないからな。なるほど、さようなことか」

賊はおのれの身に危険が及ばぬように、最大限の注意を払っているのだろう。

夜闇に包まれた岸本屋の雨戸は閉め切られていたが、戸口は屋内のあかりに染められていた。屋敷の片隅に建てられている材木置場は、ほぼ完成間近で形が整っていた。作業場を兼ねた造りのようだ。

「少々お待ちください」

戸口で訪《おとな》いの声をかけると、若い使用人らしい男が出てきてすぐに惣兵衛に取り次いでくれ、奥の座敷に通された。

「お待ちしておりました」

惣兵衛はかたい表情で兼四郎と定次を迎え入れ、女中が茶を運んでくると人払いだといって下がらせた。

「文は読ませてもらった」

兼四郎は早速本題に入った。

「明日でございますが、うまくいきますでしょうか？　八雲様がいかようにして律を救い出してくださるのか、そのことが気になるのでございます」

「もっともであろう。されど、賊も人の子。ここは互いの知恵比べになるだろうが、落ち度なきように動くしかない。その前に訊ねたいことがある。あの文だが誰が届けに来たのだ？」

「近所の子供です」

「どこの子で何という名前かわかっておるか？」

「いえ、それはわかっていませんが、調べればすぐにわかると思います」

「調べてくれ。賊と会うのは明日の夕刻。それまでにその子に会って話を聞きたい」

「承知しました。あの、それで……」

惣兵衛は言葉を切って、何かをいい淀《よど》んだ。

奥の部屋から赤子の声が聞こえてくる。

「それでなんであろうか？」

兼四郎は促した。

「五百両をせびられていますが、八雲様は三、四十両で十分だとおっしゃいましたね。それではほんとうによろしいのでしょうか……」

惣兵衛は見せ金ですむのかと危惧《きぐ》しているのだろう。

もし、要求どおりの金が揃っていなければ、お律が殺されると怖れているのだ。むろん、兼四郎にもその不安はある。

だが、その前に賊を押さえ、お律を救い出したい。もし賊に見せ金のことがわかったとしても、お律がすぐ殺されることはないと考えている。

兼四郎がそのことを口にすると、惣兵衛は驚いたように目をみはり、顔をこわばらせた。

「賊がすぐに律を殺さないと決めつけるのはどうしてでしょう？　短気を起こされバッサリなんてことになったら元も子もありません。それに金だけ手に入れて、律を殺して逃げるのではないかと、そのことも不安なのですが……」

普段は職人たちに威勢よく指図している男なのだろうが、心細さを前面に出している。

「もし、お律を殺したら二度と金を強請《ねだ》ることができぬ。お律は大事な人質だ。たとえ明日の取引にしくじったとしても、すぐに殺すことはなかろう」

「そう決めつけてよいものでしょうか……」

惣兵衛はあくまでも不安そうである。

「賊のいいなりになって金を持って行き、お律を取り返せなかったならばいかがする。そなたは大金をなくし、大事な娘の命まで奪われることになるのだ」

「そんなことは……」

惣兵衛は唇を噛んでうつむく。

「そなたのやることは金を運んで行き、まずはお律が無事かどうかをたしかめることだ。さらにお律を先に返してもらうことが肝要。お律の無事がたしかめられなかったならば、取引はその場で取りやめだ。そなたは岸本屋の頭領。悪党のいいようにさせてはならぬ」

「は、はい」

「ま、よい。見せ金にするか、そっくり五百両持って行くか、それはまかせる。ただし、明日はここにいる定次を伴ってもらう」

惣兵衛は兼四郎の背後に控える定次を見た。

「定次は元は町方同心の小者を務めていた男だ。そのこと升屋から聞いておらぬか」

「いえ、聞いていませんでしたが、そうだったのですか」

惣兵衛は定次をあらためて見た。

「岸本屋の旦那、明日はあっしがそばについています。弱気を出しちゃなりませんよ」

定次はまっすぐ惣兵衛を見ていった。

「へえ。よろしく頼みます。で、明日はどうすればいいので……」

兼四郎は茶を一口飲んだ。

奥の部屋から元気な赤子の声が聞こえてくる。

「明日の約束は夕七つ。半刻ほど前に竹屋《たけや》の渡《わた》しを使って、向島《むこうじま》の舟着場で待つのだ。それまでおれが調べをしておく」

「そのあとは……」

「それは明日にならぬとわからぬ」

兼四郎にはそれ以上のことはいえないが、言葉をついだ。

「今日届けられた文を持って来た子供の調べは早くやってもらう。最初に脅《おど》しの文が来ているな。その文を持ってきた者のことも調べてもらいたいが、できるか?」

惣兵衛は短く視線を彷徨わせてから、やってみますと答えた。

「明日、またここに邪魔をする。それまでにわかっていればありがたい」

「承知いたしました」

惣兵衛はやっと肚を括ったという顔つきになった。

「さっきから赤子の声が聞こえるが、誰の子だ?」

兼四郎は気になっていたので問うた。すると、惣兵衛がかたい表情をゆるめ、

「女房に子供が産まれたんです。男の子です」

と、嬉しそうにいった。

「ほう、男の子。すると、その子が跡取りになるのではないか……」

「そうなります」

「めでたいことだ」

「はい」

四

浪人奉行という別の名を持つ八雲兼四郎と定次が帰っていくと、惣兵衛は自分の部屋に引き取り、しばらく思案した。

考えるのは金のことだ。賊のいいなりになって五百両を用意すべきか、それとも八雲兼四郎がいうように見せ金にするかということだった。

惣兵衛には迷いがあった。五百両は大金である。できることなら払いたくない。それも賊にただで与えるようなことになるのだ。

五百両の損失で身代《しんだい》が傾く岸本屋ではない。惣兵衛は親から材木屋を引き継ぎ、おのれひとりで商売を大きくした。飢饉のあおりを受け物価が二倍にも三倍にもなっている時世ではあるが、岸本屋はビクともしない。

そういう材木商になれたのは、先代の父親にはなかった才覚があったからだと自負している。市ヶ谷をはじめとして牛込、番町まで手を広げ、大工棟梁との付き合いもよい。これからも商売の勢いが衰えることはないだろう。

だが、五百両である――。

賊に脅されたときは、お律の命には代えられないと思ったが、お涼が跡取りになる男子を産んだいまは、お律の命の重みが軽くなっている。

（三、四十両ですむのであれば……）

という思いが胸底で右往左往している。お律は先妻の子である。できた娘だ。大事に育ててきただけに、賊の手にかかって死なせるわけにはいかない。

（わしは、わしは……）

惣兵衛は膝に拳を打ちつけると立ちあがって、お涼の寝間に足を運んだ。

「寝ているか……」

聞くまでもなく、赤ん坊はお涼の横ですやすやと寝息を立てていた。名前を幸《こう》太《た》とつけていた。

「ついいましがた寝つきました。どなたかお客が見えていたのでは……」

お涼はゆっくり半身を起こした。

枕許の行灯がお涼のきめ細やかな肌を赤く染めていた。

「お律を助けてくれるというお侍だ。じつはな……」

「何でしょう？」

「明日、お律を攫った賊に金を持っていくことになった」

お涼の顔がこわばった。

「だが、助けてくれるという八雲様は見せ金でよいというのだ。賊のいいなりになって五百両持って行き、その金をまんまと奪われ、お律を殺されたら大損もいいことになる。だが、見せ金に気づいた賊が短気を起こして、お律を殺したら……そのことを考えると、どうしたらよいものかわからなくなった」

「見せ金とおっしゃいますが、いかほどなんですか？」

「八雲様は三、四十両でよいと……」

お涼は長い睫毛《まつげ》を二度三度またたかせた。

「このことはおれとおまえしか知らぬことだ。使用人や職人も知らぬから、相談できぬし、できることではないだろう。おまえはどう考える」

惣兵衛はお涼を見つめる。

「五百両は大金ですね」

お涼はか細い声を漏らした。

惣兵衛はその顔つきから、お涼の胸のうちを察した。

おそらく、五百両払ってもお律が殺されることと、三、四十両で殺されるのとは同じではないかと思ったのだろうと。

それに、いまや幸太という跡取りができた。お律に万が一のことがあっても、岸本屋の屋台骨は折れない。

「お律の命は大事です」

お涼は静かな声を漏らした。

他に思いがあるのだろうが、建前としてそういったのだろうと、惣兵衛は勘繰るが、外れていない気がする。お律は惣兵衛の後妻になったお涼に心を許していないばかりか、毛嫌いする態度を取りつづけている。

いつしかお涼もそんなお律を煙たがるようになっている。それはそばにいる惣兵衛が肌で感じることだった。

「八雲様は見せ金を持って行って、もしそれが賊に知られたとしても、すぐにお律は殺されないだろうとおっしゃる」

「なぜ……？」

「賊の狙いは金だ。あくまでも五百両がほしい。お律をその場で殺してしまえば、賊の悪だくみはそこで終わってしまう。明日の取引が失敗に終わっても、賊はもう一度取引を迫ってくるはずだと、八雲様はそんなことをおっしゃる」

八雲兼四郎の言葉ではなかったが、惣兵衛はそういった。いっていることは同じだと思いもする。

「では、二度目の取引までに八雲様はお律を助けられる腹づもりなのですね」

「おそらくそうだ」

「だったら……」

「何だ？」

「明日は見せ金でよいような気がします」

お涼がまっすぐ見つめてきた。

表からすだく虫の声が聞こえてきて、行灯の芯がジジッと鳴った。

「よし、そうしよう」

五

隅田川《すみだがわ》の東岸に須崎村があり、紅葉で有名な別当満願寺《べっとうまんがんじ》がある。その寺の東を南北に古川《ふるかわ》が流れている。

岸辺には茅《かや》や葦《あし》があちこちに生い茂り、水辺や田には鶴や鷺《さぎ》、あるいは白鳥が飛来し、将軍の狩猟地となっているが、折からの飢饉のあおりを受け、狩りは行われていない。

江戸に近い静かな地である。隅田川沿いの墨堤《ぼくてい》から向島一帯は文人墨客《ぶんじんぼっかく》が好んで訪れ、江戸の富裕町人の寮（別荘地）も少なくない。

塩見平九郎とその仲間は、満願寺の東にある屋敷にいた。元は某商家の寮であったらしいが、ここ数年誰も訪れておらず空き家になっていた。

平九郎は偶然そのことを知り、これ幸いと一時しのぎの隠れ家に使っていた。

屋敷は広い。五百坪はあろうか。屋敷のまわりは傷んで剪定《せんてい》もされてはおらぬが、槙《まき》の垣根で囲まれ、荒れた庭には楓《かえで》や松、そして欅《けやき》と楠《くすのき》が植わっている。

平九郎たちは母屋《おもや》に居座っているが、庭の隅に離れがあり、そこには大事な人質となっている岸本屋の娘・お律を監禁していた。

「いよいよ明日であるな」

車座になって酒を飲んでいる近藤左馬助が、期待顔をしてつぶやいた。ひげも月代《さかやき》も伸びて、荒っぽい野武士のような風貌だ。

「うまく事が運べば、明後日からは窮屈な暮らしとおさらばだ」

大橋米太郎が言葉を添えて、痩《や》せた頰に笑みを浮かべ、ずっと黙り込んでみなの話を聞くともなしに聞いている平九郎を見た。

「なあ平九郎、おぬしの話に乗り、ここまで来たからには何としてでもうまくやり遂げなければならぬ。そうであるな。もうおれは仕官の道はあきらめた。小普《こぶ》

岸本屋は必ずやわしらの求めに応じるはずだ」
「思いどおりにいくとはかぎらぬだろうが、それは岸本屋次第だ。岸本屋には跡取りがおらぬ。何度もいうが、岸本屋を次代に引き継ぐのは長女のお律が頼み。岸本屋は必ずやわしらの求めに応じるはずだ」

平九郎は静かに答えて、酒で濡れた唇を手の甲でぬぐった。
「そうでなければ困ります。あっしは何のためにこれまで苦労してきたのかわからなくなります。苦労なんぞ、もう懲り懲り。仕官のための浪人暮らしなんぞ飽き飽きしておるんです。平九郎さん、明日はきっとうまくいきます」

戸部《とべ》八十五郎は目を輝かせて平九郎を見る。下戸なのでさっきから茶ばかり飲んでいる。台所仕事も八十五郎がこなしていた。仲間のなかでは一番年下の二十六歳だ。暮らしを立てるために船頭仕事をやったり車力仕事をしてきただけに筋《きん》骨逞《こったくま》しい体をしている。
「ここまでうまくことは進んでおる。気になるのは、岸本屋が御番所に訴えていやしないかということだ」

平九郎にとってそれが一番の心配事だった。しかし、この地は天領であって、町奉行所の支配地の外である。取引の場所も同じだ。

「案ずることはなかろう。うまくいくさ」

左馬助は気楽なことをいう。神経質なくせに楽天的な気性だが、浮かばれぬ暮らしを強いられてきた男だった。

平九郎とは同じ道場で剣術の腕を磨いたが、その技量も結句《けっく》役に立つことはなかった。それは平九郎然り、米太郎然りだった。

みんな同じ東軍流《とうぐんりゅう》の平岡《ひらおか》道場で鍛錬した男たちだった。

左馬助と米太郎が明るい未来を夢見るように、向後のことを語りはじめた。それは希望であり、夢であり、叶うか叶わぬかまだはっきりしないことであるが、二人は一途な思いを話す。

平九郎は彼らの話から耳をそらし、おのれの不幸を嘆くように苦い顔をして酒を嘗《な》めつづけた。

平九郎は御徒だった。お目見え以下の御家人。つまり下士であった。軽輩であった。出世の望みなどなかった。

それでも七十俵五人扶持《ぶち》を得ていたが、生計は楽ではなかった。同輩の多くが内職をしなければならぬ暮らしだったが、平九郎は道場で腕を認められ、師範代を務めていたので、それなりの役得があった。

しかし、たった一度の遅刻でお役御免である。そんな馬鹿なと思い、必死に留任を懇願したが、無駄なことだった。そのために道場からも暇《いとま》を出され、暮らしを立てる手立てをなくしてしまった。

左馬助はいまでも御徒組ではあるが、半月は勤めを怠《おこた》っている。一時休職のための断り届けなど出していないので職を失っているも同然だった。

幕府が何だ、公儀が何だ、軽輩は生まれながら軽輩で、上士にぬかずきつづけなければならぬ。

「これが戦国の世であったならば……」

内心の思いが思わず口をついた。

思い思いの話をしていた米太郎と左馬助が、驚いたように見てきた。

「いかがした?」

左馬助が問うてきた。平九郎は三人の仲間をゆっくり眺めた。

「いったとおりだ。わしらは浮かばれぬ身分であった。これが戦乱の世であったならば、戦場《いくさば》に出て敵の首級《しゅきゅう》を取ることも、武勲《ぶくん》を立てることもできただろう。足軽であっても出世はできた。そうであるな」

平九郎はおのれの恵まれぬ運命に腹を立てていた。目をぎらつかせて仲間を眺

め、

「こんな世に生まれたのが不幸そのものではないか。侍とは名ばかり、泰平の世に刀など何の役にも立たぬ。剣術の腕をいくらあげても、大きく取り立ててもらうことなどできぬ。出世ができるのはお目見えの旗本だけではないか」

「いかにもさよう」

米太郎が同意した。

「しからば、おのれの力で身を立てるしかない。わしはそのことを一心に考えつづけ、此度《こたび》の秘策を立てたのだ」

「わかる、よおくわかる。正直なことを申せば、はじめ話を受けたとき、乗り気にはならなかった。たわけた戯《ざ》れ言《ごと》だと聞き流していた。さりながらよくよく考えると、平九郎のいうことがもっともらしく思えたのだ。むろん、人質を取って金をせびることに良心の咎めはある。あるが、畢竟《ひっきょう》、背に腹はかえられぬということよ」

米太郎は切れ長の目を光らせ、言葉に力を込めていうと、

「そうであろう」

と、左馬助と八十五郎を眺めた。

「ここまで来たのです。もはやあとに引き返すことなどできませぬから……」

八十五郎が肚を括ったようにいって、口を引き結んだ。

「明日だ。明日がわしらにとっての勝負の日だ」

平九郎はぐい呑みの酒をあおった。

六

その日は朝から鼠色《ねずみいろ》の布が波打っているような空模様だった。日の光はこぼれてこず、暗鬱《あんうつ》な天気である。

その空と同じように岸本屋惣兵衛の顔も沈みがちだった。

「ほんとうに大丈夫でございましょうか。いっそのこと御番所に知らせたほうがいいような気もしてきました」

兼四郎と定次を座敷に通すなり、惣兵衛は気弱な顔を向けてきた。

「知らせたらお律の命はないのだ。賊はそういってきているのではないか」

「さようですが、御番所に知らせたことが、相手にわからなければよいのではありませんか」

「万が一賊に知れたらどうする。賊は金をあきらめ、お律を殺して逃げるかもしれぬ。そうなったらいかがする?」

「はあ、それは……」

惣兵衛はため息をついてうなだれる。奥の部屋から元気な赤ん坊の泣き声が聞こえてきた。惣兵衛はその声のするほうを向いてから、兼四郎に顔を戻した。

「金のことですが……」

「うむ」

「八雲様がおっしゃったように、三十両の見せ金にしたいと思います」

兼四郎はそういった惣兵衛の顔を凝視した。

昨日は見せ金で大丈夫だろうかと不安顔をしていたのに、今日は割り切った顔つきだ。ケチるつもりなのか、それとも自分のいい分を素直に受け入れてのことなのか兼四郎には判断がつかない。

「よいだろう。それより、脅し文を届けた者のことはわかったか?」

「へえ、最初の文は通りがかった男がうちの使用人に預けただけで、よくわかっていませんが、二度目の文は下二丁目にある搗《つ》き米屋《ごめや》の倅《せがれ》です。千吉《せんきち》という名でした」

「その子から話は……」

「いえ、聞いておりません」

「何という搗き米屋だ？」

「下二丁目には一軒しかないのですぐわかりますが、吉田屋《よしだや》という店です」

兼四郎は定次を見てうなずき、すぐ惣兵衛に顔を戻した。

「最初にお律を攫ったという文をもらったのはここの使用人だったな。その者に会わせてくれぬか。なに懸念には及ばぬ。ただ話を聞くだけだ」

「それじゃ……」

惣兵衛は手を打ち鳴らして女中を呼び、伊作《いさく》はいるかと聞いた。裏庭で薪割《まきわ》りをしているというので、

「呼ぶことはない。おれがいって話をする。そなたがいっしょだといらぬ勘繰りをするかもしれぬだろう」

兼四郎はそういい置いて席を立ち、縁側から裏庭にまわった。

伊作という男は薪割りに汗を流していた。兼四郎が声をかけると、驚いたような顔を向けてきた。四十代半ばの小柄な男だった。

「伊作だな。わたしはここの主と親しくさせてもらっている者だが、少しいいかい」

「へえ」

伊作は首にかけた手拭いで汗をぬぐって「何でしょう」と問うた。

「五日ほど前のことだ。おまえは通りがかった男から文をもらったな。その男のことを覚えていないか？」

伊作は曇った空をひと眺めしてから首をかしげた。

「あの人は頬っ被りしてましたが、見ない顔でした。あっしはこの家の小間使いで、ちょこまか買い物や使いに出るんで、この町の人の顔はよく知ってるんです」

「それはどこだった？」

「下二丁目の石置場のそばでした。おまえは岸本屋の者だなと声をかけられ、そうだといいますと、これを旦那様に渡してくれといわれただけです」

「どんな男だった？」

「どんなって……歳は三十ぐらいだったでしょうか。痩せていましたね。そうそう撫で肩でした」

「他には？」

「いやあ、ほんの短い間でしたからよくは……でも、町人の身なりでしたが、どうもそうでない気がしました」

「どういうことだ？」

兼四郎は眉宇をひそめた。

「何となく侍のような言葉つきだったんで、そう思ったんです」

「腰のものは？」

「刀は差してませんでしたが、おまえは岸本屋の者だなというい方が、町人らしくなかったような気がするだけです」

身なりを聞いたが、伊作はあまり覚えていなかった。

兼四郎は惣兵衛のいる座敷に戻ると、

「吉田屋の千吉に会いに行ってくるが、金の支度を調えておいてくれるか」

「あの、定次さんの他にわたしについてくださる人は……」

と、惣兵衛は心許《こころもと》ないという顔をした。

「他にはおらぬ。人が多ければ目立つし、相手に気づかれやすい。おれは先に向こうに行って待っている。あとは相手次第だ。まず、お律を先に返してもらう。必ずそうしなければならぬ。相手は金を見せろというだろうが、あくまでもお律を取り返すのが先だ。お律さえ戻ってくれれば、あとはおれの仕事になる」

「わかりました」

惣兵衛はゴクッと生唾を呑んで答えた。兼四郎が立ちあがると、また赤ん坊の泣き声が聞こえてきた。

「元気な子だな。名前は何というのだ?」

「幸太です」

惣兵衛はそのときだけ嬉しそうな顔になった。

「いい名だ」

兼四郎はそのまま定次を伴って岸本屋を出ると、市ヶ谷田町下二丁目の吉田屋を訪ねた。たしかに搗き米屋は一軒しかなく、埃《ほこり》っぽい暖簾にも看板にも「吉田屋」の字があった。

店先で仕事をしている男に、千吉に聞きたいことがあるというと、すぐに呼んでくれた。

千吉は十歳だが、すでに店の手伝いをしている子だった。見るからに腕白《わんぱく》そうな顔つきだが、兼四郎の聞くことにハキハキと答えた。

「するとおまえはその男に駄賃をもらって文を岸本屋に持って行ったんだな」

「そうです」

「頼んだ大人はどんな身なりだった。背は高かったか?」

「そうでもなかった。ちびでもなかったけど、お侍より低かったよ」

「顔は見たか?」

千吉は首を振った。

「どうして見なかった?」

「頬っ被りしてたもん。よく見えなかったよ」

兼四郎はぴくっとこめかみの皮膚を動かした。伊作に頼んだ男と同じではないかと思ったのだ。

「ひょっとして痩せていて撫で肩ではなかったか?」

千吉は短く視線を彷徨わせたあとで答えた。

「そういわれると、そんな気がします」

「町人ではなく侍のようだったか?」

千吉は首をかしげた。兼四郎は立てつづけに問いを重ねたが、千吉はわからないというばかりで、

「その人が何かしたのかい?」

と、問い返してきた。

「もしかしたら知り合いではないかと思って捜しているだけだ。家の手伝いをしているのだな」

「うん」

「いい子だ。しっかり親の手伝いをするんだ。これで飴《あめ》でも買いな」

兼四郎が些少《さしょう》の駄賃をわたすと、千吉は破顔して喜んだ。

「定次、おれは先に向島へ行って待っている。あとの手筈《てはず》はまかせた」

千吉を店に戻した兼四郎は、定次に指図をしてそのまま須崎村に向かった。

七

岸本屋と賊との約束の刻限は、七つである。それまではまだたっぷり時間があった。

兼四郎は神田川沿いの道を辿り、それから浅草《あさくさ》を抜け吾妻橋《あずまばし》を渡って墨堤をゆっくり歩いた。どんよりした雲が空を覆っていたが、西のほうが少し明るくなっていた。雨は降らずに天気が持ち直すのかもしれない。

墨堤の桜並木には枯れ葉が目立った。土手道を歩く兼四郎は、周囲に注意の目を向けつづけた。

（この近くにお律を拐《かどわ》かした賊がいるはずだ）

鷹《たか》の目になって深編笠の陰から観察するが見当はつかない。

夏の終わりを知らせるように、土手には彼岸花が見られた。まだ青いが薄《すすき》も伸びはじめている。

目の前を赤とんぼが飛んでいた。土手上から見える村の田畑は、洪水後の日照りで荒れているのか広漠としている。百姓家や商家の寮と思われる屋敷があり、寺院を取り囲む木々の林が目についた。近くには最勝寺《さいしょうじ》、弘福寺《こうふくじ》、満願寺などがある。兼四郎が足を向けている長命寺はもう少し先にあった。

陽気のよい桜の季節と違い人の通りはさほど多くない。村の百姓や行商人が歩いているぐらいだが、ときに侍と出くわすこともあった。近くには水戸徳川家《みとどくがわけ》と長岡藩牧野家《ながおかはんまきのけ》の抱屋敷がある。そこに詰めている侍かもしれなかった。

また、勤番侍《きんばんざむらい》と思えない侍とも行き会ったが、到底賊の仲間には見えないのんびりした足取りであったし、釣り竿を肩に支え持ち魚の話をしていた。

そんな侍たちがいるので、深編笠を被り、着流しに地味な路考茶《ろこうちゃ》の羽織をつけている兼四郎を怪しむ者はいないはずだ。

岸本屋にわたす脅し文を伊作と千吉に預けたのは、おそらく同じ男であろう。

痩せている撫で肩の男。歳は三十ぐらい。その辺の町人ではなく侍かもしれない。

伊作と千吉から聞いたかぎりではそうであった。

(賊はひとりではあるまい)

そう考えながら、なぜお律を攫ってから四日の間を取ったのかと疑問に思う。

岸本屋に金の支度をさせるために余裕を持たせたのか、あるいは岸本屋の恐怖心と不安をあおるための時間稼ぎだったのか。

暇を与えれば、岸本屋にそれなりの対策を講じられることなど考えになかったのか。いや、端から岸本屋は脅しに屈し、お律を助けるために町奉行所への訴えなどしないと高をくっているのかもしれない。

岸本屋は商売を引き継がせるためにお律に婿養子をもらう腹であった。そのことを賊は知っていて、お律のためならいいなりになると考えたのかもしれない。

そこまで考えた兼四郎ははたと立ち止まった。

(賊は岸本屋の内情を少なからず知っているのだ)

そうでなければならない。

兼四郎は曇天《どんてん》の下に広がるくすんだ景色を眺めた。

とにかく賊の指定した場所の下調べである。兼四郎は再び歩を進めた。長命寺は三代様《さんだい》（家光《いえみつ》）が鷹狩りをした際、腹痛を起こし、境内の井戸の水を飲んで快癒《かいゆ》したことが有名で、その水を「長命水」と呼ぶようになっている。寺号が常泉寺《じょうせんじ》から長命寺に変えられたのもその頃のことである。

本堂に安置される弁財天《べんざいてん》は向島七福神のひとつで、境内には芭蕉堂《ばしょうどう》もある。季節柄か参詣客《さんけい》の姿は少ない。

兼四郎はぶらりと境内を歩いて、隅田川沿いの土手道に出た。あたりに目を配るが、あやしげな人影などない。

土手をおり、用水になっている小川沿いの道を辿る。百姓家は近くにはなく、桜と杉の木立があり、茅と葦の藪がところどころにある。

そばを流れる小川の幅は三間ほどだ。土手には彼岸花が咲いていた。

賊はどこでお律と金の引き渡しをするのだろうかと、目を光らせて考える。もし自分が賊だったならどこで取引をするだろうかと、ゆっくり川沿いの道を歩き、村のほうに足を伸ばした。

少し行ったところで北のほうから歩いてくる五、六人の侍と出くわした。旅塵《りょじん》にまみれたような身なりだ。着流しだけの者もいれば、羽織をつけている者もいる。日に焼けた黒い顔のなかに、飢《う》えた狼《おおかみ》のような目を光らせ、近づく兼四郎をにらんできた。

総身《そうしん》に険悪な臭いを漂わせているので、兼四郎はにわかに警戒した。

互いの距離が二間ほどになったとき、侍たちは兼四郎の進路を阻《はば》むように立ち止まった。二本差しの者もいれば、大刀一振りだけという者もいる。いずれも弊《へい》衣蓬髪《いほうはつ》の体である。

兼四郎が立ち止まると、体の大きな男がはだけた胸をかきながら、

「おぬし、江戸の者か？」

と、聞いてきた。

「さようだ」

「それなら教えてもらいたい。ここはどこだ？」

「向島だ」

「向島……この川の向こうは何というところだ？」

どうやら在から流れてきた者たちのようだ。剣呑《けんのん》な空気を身にまとってはいるが、危害を加えようという気配はなかった。

「川の向こうは今戸町《いまどちょう》だ。それでいずこへまいるつもりだ？」

「上野《うえの》だ。どうやって行けばよい？」

「ならばこの川沿いに歩いて行くがよかろう。しばらくすると吾妻橋という大きな橋がある。その橋をわたってまっすぐ行けば、自ずと上野に着く」

「さようか。おい、そういうことだ」

男は仲間を振り返って顎をしゃくり、

「おれたちは江戸のことは何もわからぬ田舎者だ。礼をいう」

と、兼四郎に軽く会釈をして歩き去った。

兼四郎は彼らをしばらく見送り、在から流れてきた無法者でなければよいがと思った。それより賊一味ではなかったようだと、少しだけ胸を撫で下ろした。

それから付近を見廻ったが、気になる家屋やあやしげな人影を見ることはなかった。

定次と落ち合う刻限には少し早かったが、竹屋の渡しの舟着場近くの茶屋で暇を潰した。曇り空なので暗くなるのが早い。それでも西の空には日の光があり、紗《しゃ》をかけたような薄い雲が浮かんでいた。

その空に浮かぶ雲がちぎれ、隙間から幾本かの日の光の筋が地上を射すように伸びたとき、一艘の猪牙舟《ちょきぶね》が舟着場に到着した。定次と岸本屋惣兵衛を乗せた舟だった。

兼四郎が座っていた床几から立ちあがると、定次が気づいて声をかけてきた。

「旦那、官兵衛《かんべえ》さんに会ったんです」

「官兵衛に……」

橘《たちばな》官兵衛――。

升屋から依頼された〝仕事〟を兼四郎と組んでやる仲間だ。此度は声をかけていなかった。

「まさか、話したのではないだろうな？」

「いいえ、旦那が何もおっしゃらないので、短い立ち話をしただけです。それよりちょいと気づいたことがあるんです」

定次はそういうと、舟から重そうな金箱を担いで兼四郎のそばにやって来た。惣兵衛は戦々恐々《せんせんきょうきょう》とした顔で落ち着きがなく、大丈夫でしょうかと、不安そうな顔を向けてきた。

「ここまで来たのだ。あとは肚を括ってやるしかない。まだ、日は高い」

兼四郎は薄日の射す西の空を見てから、定次と惣兵衛といっしょの床几に座り、店の女に茶を注文した。

「気づいたことがあるといったな」

兼四郎は茶を運んできた女が去ってから定次に聞いた。

「あっしらは岸本屋さんと、牛込揚場町《うしごめあげばちょう》から猪牙でやって来たんですが、お律を攫った賊も同じ河岸から舟でこっちに来たんじゃないかと思ったんです。いえ、きっとそうだと」

目を光らせていう定次は、店の者に聞こえないように低声でつづける。

「お律を攫ってここまで来るには、駕籠《かご》か負ぶってくるしかありません。しかし、そんなことをするより舟のほうが手っ取り早いし、人目にもつきにくいはずです。もっとも舟を仕立てたのかどうかはわかりませんが……」

「するとお律は店の近くで攫われ、牛込揚場町まで人目につかないように連れて行かれて舟に乗せられたということになるな」

つぶやくように応じる兼四郎は、そうかもしれないと思った。

「それはともかく、これからが大事なことだ。賊の取り決めた場所の近くを見てきたが、どうやってお律と金の受け渡しをするのかがわからぬ。それに、近くにあやしむような家も人も見かけなかった」

「息をひそめているってことですか……」

「そういうことだろう」

兼四郎はそういったあとで惣兵衛を見て、足許に置かれている金箱の中身を訊ねた。

「八雲様がおっしゃるように見せ金にしました。三十両は入っていますが、あとは芋《いも》です。すぐにわからないように拵《こさ》えていますが……」

惣兵衛は不安そうな顔で答えた。

「いいだろう。だが、取引となったとき、賊のいいなりになってはならぬ。先にお律を返してもらうのだ。三十両はこの際捨て金と思え」

「へえ」

「定次、おまえは使用人としてついていってもらうが、油断はするな」

「承知しています」

「あの、八雲様はどうされるので……」

惣兵衛が聞いてくる。

「賊に気づかれぬように近くで見守っている」

「大丈夫でしょうね」

「おぬしのこともお律のことも体を張って守る。では、そろそろまいるか」

兼四郎はすっくと立ちあがった。

第三章 駆け引き

一

西の空が再び雲に覆われ、地上に伸びていた幾筋かの光が消えて間もなく、どこからともなく時の鐘が暗くなった空をわたっていった。鐘は七つ（午後四時）を知らせていた。

兼四郎は長命寺北側の竹林のなかに身をひそめていた。林のなかを蕭々《しょうしょう》と風が流れてゆく。蜩の声が聞こえるが、それも少なくなっていた。

兼四郎はどこから賊があらわれるのかと、あたりに目を配りつづける。深編笠はそのままだが、動きやすいように襷《たすき》をかけ、小袖を端折《はしょ》っていた。

定次と惣兵衛は小川の畔《ほとり》に立ってあたりを見まわしていた。二人の足許には見せ金の入った金箱が置かれている。

約束の刻限は過ぎたのに賊のあらわれる気配がない。曇天のせいであたりはいつもより早く暗くなりつつある。

一方の道から肩に鍬《くわ》を抱え持った百姓がやって来た。股引に膝切りの小袖に頬っ被りをした男だった。やって来るのは、定次と惣兵衛が立っている小川の向こうの道だ。

兼四郎は百姓から視線をそらし、東のほうへ視線を向け、自分の背後にも注意の目を向けた。そのとき声が聞こえてきた。

ハッとなって顔を戻すと、小川の向こうに行った百姓が定次と惣兵衛を見ていた。

「金は持ってきました」

惣兵衛が答える。

「そばの男は何者だ？」

「うちの使用人です。金箱は重くてとてもひとりでは持てないんです。律はどこです？　無事なんでしょうね」

「金をあらためる。おまえたちはそこから離れるんだ」

「律はどこです？」

惣兵衛が悲鳴じみた声を張った。

「金を見るのが先だ。そこを離れろ」

惣兵衛は定次と短くやり取りした。焦っているのが、竹林のなかにいる兼四郎にもわかる。賊はひとりではないはずだと思い、まわりに視線をめぐらす。

定次と惣兵衛が金箱を置いたままゆっくり離れた。

「おれの目の届かぬところまで離れるんだ。早くしろ！」

百姓姿の男が怒鳴った。口ぶりは侍である。百姓に変装しているだけなのだ。

「律を拐《かどわ》かしたのはあんたひとりですか？」

惣兵衛が振り返っていった。定次に指図されたのだろう。だが、男は答えずに、もっと遠くへ離れろと指図する。

兼四郎は賊があの男だけなら何とかなると思ったが、油断はできない。まわりには田畑が広がっているが、こんもりした木立や身を隠せる土手や藪もある。他の賊がそんなところにひそんでいるかもしれない。

男が土橋をわたって金箱のそばに近づいた。

（あやつひとりではあるまい）

兼四郎はひとりならすぐに出て行って押さえられると思うが、あることに気づいて動けない。気づいたのは、岸本屋に脅し文をわたすように頼んだ男のことだ。

千吉と伊作が話してくれた男は、背丈は並で撫で肩だった。だが、百姓に扮装《ふんそう》して金箱に近づく男は、中肉中背で撫で肩ではない。

その男は金箱を縛ってある紐《ひも》を急いで解くと、定次と惣兵衛が立っているほうに警戒の目を向け、蓋《ふた》を開けるとすぐに閉じ、紐を結び直した。

兼四郎は見せ金に気づかれたならまずいと思った。しかし、その様子はない。男は蓋を開けて箱の中身を一目見ただけで、見せ金だということに気づいていない。

「律はどこです? 娘と金は引き換えの約束だったのではありませんか」

惣兵衛が遠くから男に声をかけた。

「娘は白鬚神社《しらひげじんじゃ》だ」

男はそう答えると、金箱を担いで、

「早く行け」

と、言葉を足して東の百姓地のほうへ去った。

兼四郎は男を追うべきか、定次と惣兵衛を追って白鬚神社に行くべきか迷った。もうあたりは暗くなっている。金箱を担いだ男の姿が黒くなって遠ざかる。

定次と惣兵衛は足速になって北へ歩きはじめた。白鬚神社はそこから北へ行ったところにある。別当西蔵院《べっとうさいぞういん》で向島七福神のひとつに数えられている。距離にして八町ほどだ。

兼四郎は竹林のなかで迷っていたが、男を追うことにした。夕闇に紛れ野路を急ぎ、金箱を担いだ男のあとを追う。しかし、姿が見えなくなっていた。

舌打ちをしてあたりに目を凝《こ》らしたとき、木立の陰に動くものが見えた。

（あっちか）

兼四郎は畑を横切り、田の畦道を走って木立の向こうへ急いだ。

動く影のあった木立の近くまで行ったときだった。藪のなかから黒い影がムササビのように飛んできた。それはムササビなどではなく、片手に白刃《はくじん》を閃《ひらめ》かせていた。

不意をつかれた兼四郎はとっさに横に跳んでかわしたが、相手は大上段から脳天目がけて斬り込んできた。

バサッと音がして、深編笠の庇《ひさし》が切られた。一瞬冷やっとしたが、杉の木の背後にまわりこんでつぎの攻撃を防いだ。

「町方か」

相手が間合いを詰めながら問うてきた。顔を隠す頭巾《ずきん》を被っている。

「違う。きさまは何者だ？」

問い返したとき、突きが送り込まれてきた。

兼四郎は一連の動きで、相手はなまなかな腕ではないというのを悟った。刀の柄に手をやり、杉の木をまわりこんでさらに斬り込んできた相手の刀を撥ねあげると同時に、胴を薙ぎ払うように刀を振ったが、空を切っただけだった。

すかさず相手が袈裟懸《けさが》けに斬り込んできた。刃風《じんぷう》が耳許をかすり、羽織の裾《すそ》を切っていた。兼四郎は跳びしさってかわすと、深編笠を素早く脱いで相手に投げた。

だが、深編笠は相手にはあたらず、男の背後の草叢《くさむら》に落ちた。それでも相手にわずかな隙ができた。兼四郎はその隙を見逃さずに突きを送り込むと、即座に刀を引きつけ上段から撃ち込んだ。

ガチッと鋼《はがね》の打ち合わさる音がひびき、火花が散り、鍔迫《つばぜ》り合《あ》う恰好になった。相手は力まかせにぐいぐい押してくると同時に、膝を使って腹を蹴ってきた。

　そのことを予想していなかった兼四郎は、大きく後ろに跳ぶように倒れ、藪のなかに落ちた。具合悪くそこに木があり、兼四郎は頭をしたたかに木の幹にぶつけた。

　一瞬目が眩《くら》み、気が遠くなりそうになった。蹴られた腹には息苦しい痛みがあった。それでも体を起こそうとしたが、足が滑りそのままずるずると落下した。さほどの高さはないが、崖みたいな土手になっていたのだ。

　腹這いになったまま上を見あげた。動く男の黒い影がある。どうやら自分を捜しているようだが、見つけられないでいる。

　兼四郎はしばらくじっとしていた。木に打ちつけた頭がくらくらし、鈍い痛みがあった。いま見つかったら斬られるかもしれぬ。兼四郎は悟られぬように呼吸を整えながら、この場をやり過ごすために動かずにいた。

　やがて頭上の男は捜すのをあきらめて見えなくなり、足音も砂に吸い込まれるように聞こえなくなった。

二

境内に人の姿は見あたらなかった。

「どこでしょう?」

惣兵衛がおろおろとあたりを見まわす。そこは両側に銀杏《いちょう》の立つ参道だった。鳥居を入ってすぐのところだ。参道は正面にある拝殿につづいている。

「とにかく捜しましょう」

定次は惣兵衛を促して参道を歩きながら周囲に視線を配った。すでに日は落ち、闇が濃くなりつつある。拝殿裏側の林のほうで烏《からす》が鳴き騒ぎ、羽音を立ててどこかへ飛び去った。手水舎《ちょうずしゃ》前まで来たがどこにも人の姿はない。宮司《ぐうじ》らの住む母屋に仄《ほの》かな灯りがあり、近くで虫たちがすだいている。

「いませんよ」

惣兵衛は落ち着きをなくしている。

大鋸《おが》挽《ひ》きなどの職人や使用人を約三十人ほども束ねている大きな材木屋の主らしからぬ狼狽《うろた》えようだ。もっとも愛娘《まなむすめ》の命に関わることであるから無理もないだろう。

定次は拝殿や祠《ほこら》や木の裏を見てまわった。暗くなった空に伸びている木にも目をやったが、お律はどこにもいなかった。

「惣兵衛さん、ちょいと聞いてきます」

定次は拝殿前に戻って宮司家族が住んでいると思われる母屋を見ていった。

「へえ」

惣兵衛は情けない顔で返事をし、いっしょに行きますと定次のあとに従った。

二人は母屋に行って話を聞いたが、応対に出た若い巫女《みこ》は日の暮れ前に境内を一巡したときには誰もいなかったという。

「何かあったのでしょうか？」

「この人の娘が家出をしてこの神社にいるような話を聞いたんだ」

定次は真実を話すのはまずいと思い、惣兵衛の顔を見てそういった。

「それは心配でございますね」

同情する巫女は親切にもいっしょになって、境内を案内がてらお律捜しを手伝ってくれたが、お律どころか人の姿もなかった。

「あの男は、たしかに律は白鬚神社にいるといいましたよね」

境内を出たあとで惣兵衛が心許ない顔を向けてくる。

「嘘だったのかもしれねえ」

「嘘……それじゃ約束が違う」

惣兵衛は憤《いきどお》ったが、どうすることもできない。

「旦那はどうしてるんだろう？　とにかく戻りましょう」

定次は惣兵衛を促して長命寺のほうへ引き返した。


「なんだ、これは……」

塩見平九郎は戸部八十五郎が運んできた金箱を開け、小判を手づかみしたまま呆然《ぼうぜん》となった。同時に腹の底に怒りがわいた。

同じように金箱をのぞき見る大橋米太郎も八十五郎も目をまるくしていた。

「馬鹿にしやがって……」

顔を赤くして吐き捨てたのは米太郎だった。

「大事な娘の命が惜しくないのか。こんな端金《はしたがね》で誤魔化して娘を取り返そうと考えたのだ。こうなったら娘の耳でも切り取って送りつけてやるか」

「米太郎、落ち着け」

平九郎はたしなめるが、米太郎と同じように腹を立てていた。

「落ち着いてなどいられるか。岸本屋はおれたちを愚弄《ぐろう》したのだ。そうではないか。金をたしかめたら、娘はそのまま帰すつもりだったのだ。そうであろう」

米太郎はさっと立ちあがると、座敷のなかをぐるぐると歩きまわった。

「平九郎さん、どうします？」

八十五郎が顔を向けてきたとき、戸口で物音がした。ドタドタと足音が近づき、座敷口に近藤左馬助があらわれ、

「金はあったか？」

と、聞いた。

行灯と燭台《しょくだい》の灯りを受けたその顔には、汗の粒が張りついていた。

「端金だ」

米太郎が吐き捨てるように答えた。

「端金……どういうことだ？」

左馬助は金箱に近づき、中身を見てぽかんと口を開けた。

「岸本屋はこの金で娘を取り返そうとしたのだ。金と娘は引き換えの約束だったから、うまく誤魔化せると思ったのだろう」

平九郎は大きなため息をついた。

「約束を違《たが》えたのはこれだけではないぞ」

平九郎は左馬助を見た。

「岸本屋は侍を連れていた」

「なに……」

「おれは八十五郎と岸本屋の掛け合いを隠れて見ていたが、岸本屋と連れの使用人の男が白鬚神社に向かったあとで侍があらわれたのだ」

「侍、まさか町方では……」

平九郎はまばたきもせず左馬助を見た。

「その侍は金箱を担いでこっちに戻る八十五郎のあとを追ったのだ。あやしいやつだと思い闇討ちをかけ、町方かと聞いたが、そうではないといった」

「そやつのことはいかがした？」

「斬り捨てるつもりだったができなかった」

左馬助はその経緯を手短に話し、

「暗い藪のなかに落ちたので捜しようがない。下手に捜せばこっちの身が危ないと思い戻ってきたのだ」

といって舌打ちをした。

「するとそやつはまだこの辺にいるのではないか？」

「いや、その心配はいらぬ。おれは十分に注意をして戻ってきた。やつが落ちたあたりの藪もしばらく見ていたが、道にあがってはこなかった」

「尾けられてはおらぬだろうな」

「懸念あるな」

「町方でなかったなら、その侍は何者だ？」

米太郎だった。撫で肩の一方を手で払い、左馬助のそばに座った。

「岸本屋が雇った用心棒かもしれぬ」

「用心棒……」

「そんなことより、これからのことだ。何としてでも身代金をもらわなければならぬ。娘はこっちの手のなかにあるのだ」

平九郎はようやく冷静さを取り戻していた。

「岸本屋は約束を違えたが、おれたちも約束は違えている」

「娘と金を引き換えにするといったことか。ふん、そんなお人好しなことを岸本屋がまともに受け取ったと考えていたのか」

短気を起こしている米太郎は憤然といい放つ。

「わしは耳を揃えて金を持ってくると考えていた。その金をたしかめたら、あの娘は返す腹であった」

「だが、岸本屋は裏切ったのだ。おまけに用心棒みたいな侍まで近くにひそませていたのだ。町人に愚弄されたようなものではないか」

「米太郎、まあ腹を立ててばかりでは先に進まぬ。つぎの手を考えるのだ」

平九郎はそういって仲間の顔を眺めた。

三

昼間、空は鼠色の雲に覆われていたが、いまは冴え冴えとした月と星が見えるようになっていた。

兼四郎は何者とも知れぬ男の不意打ちにあったあと、向島界隈を探索したが、お律を攫った賊の隠れ家らしき家を見つけることはできなかった。

そのあとで白鬚神社に足を運んでみたが、定次も惣兵衛もいなかった。もしや、お律を無事に連れ帰っているのかもしれないと思い、夜道を急いで岸本屋に着いたのは、四つ（午後十時）に近い時刻だった。

戸口で声をかけると年増の女中が出てきたので、惣兵衛の所在を訊ねると帰っているという。

「大事な話がある。取り次いでくれ」

奥に消えた女中はすぐに戻ってきて、おあがりくださいといって惣兵衛のいる座敷に案内してくれた。そこには定次もいた。

「旦那、遅いんで心配していたんです」

真っ先に定次が声をかけてきた。

「気に食わぬことがあったのだ。それより、お律は？」

兼四郎は定次から惣兵衛に目を向けたが、憂鬱そうな顔で首を横に振った。

「白鬚神社にいるのではなかったのか？」

「どこを捜してもいませんでした。一杯食わされたんです」

惣兵衛に代わって定次が答えた。兼四郎は渋面《じゅうめん》になってため息をつき、

「やつらも周到だったわけだ」

と、惣兵衛を見て言葉をついだ。

「賊はお律と金を引き換えにするといってきていたが、その約束を破った。さりながら、岸本屋は見せ金の入った箱だけを奪われた。賊は自ら約束を破ったくせに、怒り狂っているかもしれぬ」

「八雲様、見せ金ではまずかったのです。もし、金を揃えて持って行けば、律を返してくれたかもしれないのです」

惣兵衛は咎める目を向けてきた。

「……かもしれぬが、やつらはお律を約束の場に連れてこなかった」

「そうだったとしても、金をたしかめたあとで返してくれるつもりだったのかもしれません」

そういわれると、言葉を返せない。兼四郎は短く黙り込んでから、

「ここでお律のことをあきらめるわけにはいかぬ。やつらの目あてはあくまでも金だ。お律ではない。そうだな」

と、惣兵衛を見る。

「そうかもしれませんが、もしや、見せ金だったことに腹を立てて律を……」

惣兵衛は不吉なことを口にしたくないのか、言葉を切った。

「お律に手を出したりはしないだろう。賊は周到であるし、知恵者だ。ここでお律を手にかければ、やつらは目的を果たすことができぬ」

「律は無事だとおっしゃいますか」

惣兵衛は眼光を厳しくし、にらむように見てきた。材木問屋の主らしい気丈な

目つきだった。

「そのはずだ、では困ります。見せ金でいいといったのは八雲様ですよ」

「たしかにそうだが……」

兼四郎はつづく言葉を呑み込んだ。言葉を重ねてもいい訳にしか取られない気がした。

「八雲様は必ず律を取り返すとおっしゃいましたね。今日はそれができなかった。どうすりゃいいんです。どうするおつもりですか?」

「今日のことはおれの至らなさだ。すまぬ。だが、あきらめはしない」

「あきらめないとおっしゃるのは……」

「賊は再び沙汰《さた》を寄越すはずだ。やつらの狙いはあくまでも金である。今日は賊の思惑どおりにいかなかったが、つぎは必ず金を手に入れたいと考えるだろう。そうでなければおかしいし、そうなるはずだ」

「このまま沙汰なしになったら、律の命はないということですか」

「惣兵衛、そう決めつけないでくれ。お律はきっと無事だ」

「いまさら気休めをいわれても……」

惣兵衛ははーっと、大きなため息をついた。

「もし、律が殺されていたらどうします？　わたしは八雲様を頼りにしていたのですよ。少しは親の気持ちをわかってください」

「すまぬ。わかっているつもりではあるのだ。必ずお律は取り返す」

「生きて帰ってこなかったらどうします」

惣兵衛は同じようなことを繰り返す。

「潔《いさぎよ》く腹を切る」

定次がハッとした顔を兼四郎に向けた。

「八雲様が腹を切ったところで娘は生き返りはしないのです。そうではありませんか」

やり込められた兼四郎は、すぐに言葉を返すことができない。唇を引き結んで耐えるしかない。

「とにかく、今日はうまくいかなかった」

「すまぬ」

「八雲様、約束でしたね」

惣兵衛がきっとした目で見てくる。兼四郎は顔をあげた。

「律は必ず取り返すとおっしゃいましたよね。その約束は守っていただきますよ」

「承知している」

「武士に二言はないと申します。そうしてください」

「心得ている」

それを最後に、兼四郎と定次は岸本屋を辞した。

暗い夜道は薄い月明かりに照らされていた。兼四郎は惣兵衛の気持ちを斟酌《しんしゃく》しながら黙って歩くしかない。

「惣兵衛さんもよくいいます。旦那は体を張って、お律を救い出そうとしているのに……」

定次が味方になって庇《かば》うようなことをいうが、

「いや、おれの落ち度だ。惣兵衛にはなにもいい訳できぬ」

と、兼四郎は夜道の遠くに視線を投げた。

犬の遠吠えがどこかでしていた。

「しかし、どうします？　ここでやめるわけにはいきませんね」

「うむ」

「賊は向島にいるんじゃないでしょうか。だったら明日は向島を捜してみてはどうでしょう？」

「そのことは考えているが、おれもおまえも賊に顔を見られている。下手に動けば、先に気取られてしまう」

「それじゃ賊からつぎの沙汰があるまで待つので……」

「沙汰は待たねばならんが、その前に手を打ちたい」

定次が横について見てくる。

「官兵衛に助《すけ》を頼もう。賊はあやつのことを知らぬ」

「いまから会いに行きますか？」

「今夜はもう遅い。明日、官兵衛に会って相談しよう」

「それじゃ早いほうがいいですね。明日の朝一番に官兵衛さんを呼びにいきます。どこで落ち合いますか？」

兼四郎は短く考えてから、岸本屋の近くにある茶屋の名を口にした。

「何刻がよいです？」

「五つ（午前八時）にしようか」

「わかりました」

四

兼四郎と定次が帰っていくと、惣兵衛は誰もいない居間に行き、徳利《とっくり》をつかんで湯呑みで酒を飲んだ。

一口酒を喉に流し込み、ぷはーっと、息を吐き、宙の一点を凝視した。

八雲兼四郎に少しいいすぎたかもしれないという軽い後悔があったが、それでもいわずにおれなかったのだと、もう一口酒をあおった。

今日は三十両を無駄に使った。見せ金ではあったが、お律を返してはもらえなかった。

お律はどうしているだろうか、無事だろうか、ひどい目にあっていやしないだろうか。まさか人攫いが短気を起こして殺したなんてことは……。

惣兵衛はいやな妄想を振り払うようにかぶりを振り、もう一口酒を喉に流し込んだ。そのときお涼の部屋のほうから、ぐずるような幸太の泣き声が聞こえてきた。

惣兵衛は立ちあがると、お涼の部屋の前に行き、声をかけて障子を開けた。お涼が半身を起こして夜具の上で幸太をあやしていた。

「お帰りだったのですね。どうなりましたか？」

お涼はそういいながらぐずっている幸太に乳を含ませた。真っ白い乳房が行灯のあかりに染められていた。幸太は乳首に吸いついている。

「金と引き換えにお律を返してもらうはずだったが、そうはならなかった」

お涼は目をみはって、どうしてですとつぶやくような声を漏らした。

惣兵衛はその日あったことをかいつまんで話した。

「それじゃ八雲様も役に立たなかったということですか？」

「ま、早い話がそうだ」

「まさかお律が殺されたなんてことは……」

「八雲様はそれはないとおっしゃる。賊の目あては金だから、お律を殺してしまえばやつらの望みはそれで絶たれるとおっしゃる」

「それじゃお律は無事なんですね」

「それもわからねえ」

惣兵衛ははーっとため息をつく。

「どうするんです？」

「賊はまた沙汰を寄越してくるはずだ。どんな知らせになるかわからねえが、そのときには八雲様が必ずお律を救い出すとおっしゃる。助けることができなかったら腹を切るともおっしゃった」

「切腹を……」

「それだけの覚悟をしてお律を救い出すということだろう。おれもちょいと頭にきたんでさっきは食ってかかったが、八雲様しか頼る人はいない。升屋の旦那があの人は頼れると太鼓判を捺《お》した人だ」

惣兵衛は乳を吸う幸太を眺めながら応じた。

「いっそのこと御番所に話をされたらどうです？」

「人攫いのやつらがそれを知ったら、お律の命はほんとうに奪われるかもしれねえんだ。それはできねえ」

「それじゃ……あ、もういいのかい？」

乳を吸っていた幸太が口を離して、惣兵衛を見て小さく笑んだ。

「抱いていいかい？」

惣兵衛は断って幸太を抱いた。うばうばと、言葉にならない声を漏らす。何とも可愛らしい子だ。

「いい子だ、おまえは立派に育つんだぜ」

抱いたまま少し揺らしてやると、幸太は嬉しそうに笑った。

この子がおれの跡取りになるんだと思うと、嬉しくてしかたない。だが、一抹《いちまつ》の不安が浮かんだ。幸太はまだ生まれたてだ。この先健《すこ》やかに育ってくれることを願うが、流行病でぽっくりということもある。大事に育てるつもりだが、親の願いどおりにならずに死ぬ子はめずらしくない。

もし、そんなことになれば、やはりお律を死なせるわけにはいかない。少なくとも幸太が十四、五になるまでは、お律には生きていてもらわなければならない。

やはりお律には婿養子を取らせるしかないだろう。惣兵衛が還暦になったとき、幸太は十八歳だ。まだおれの目は黒いはずだと、惣兵衛は先のことを考える。

「やはり、八雲様を頼るしかないんですね」

「しかたねえ。他にいい手立てがあればいいが、いまはあの人だけが頼りだ」

幸太が眠そうな顔をしたので、惣兵衛はお涼に返して腰をあげた。

「使用人らにお律のことを話しちゃいねえだろうな」

「気にする女中がいますけど、あんたにいわれたように親戚の家に行っていると話してます」

「それでいい」

「これでいいかい？」

百合《ゆり》は枕許の有明《ありあけ》行灯を消して、橘官兵衛に顔を向けた。

「それでいい。月明かりだけの部屋は風流なものだ。さ、こっちに来な」

官兵衛は百合の手首をつかんで引き寄せる。

「おまえとも長い付き合いになったが、何だか離れがたい」

「あら、それじゃわたしと離れたいとでも考えているのかい？」

「そうじゃねえさ。おまえとおれの相性はいい。おまえが飽きなきゃ、おれはずっといっしょに暮らそうと考えている。それに……」

官兵衛は百合の豊かな乳房に顔を埋めた。

「ああ、あんた、また……」

「いいではないか。秋の夜長だ。やることはひとつだ」

官兵衛は片手を百合の太股に滑らせる。

「あ、そこは……うぅん」

「おれは元気がいいなあ」

「元気がよくなきゃつまんないでしょ……あ、もう……」

官兵衛は太っているが、百合も負けずとむちむちとした豊満な体をしている。

それにきめの細かい肌は大根のように白い。

「いいかい？」

「早くぅ」

大きな肉塊《にくかい》が重なり、うすく開けた障子の隙間から射し込む月光に浮かんだ。

雲が流れ、月を隠すと部屋のなかが暗くなった。しかし、しばらくすると叢雲《むらくも》から吐き出された月が再び、あやしげな光を部屋のなかに満たした。

同時に二人の欲も満たされ、官兵衛と百合は仰向けになって乱れた呼吸を整えた。

「このところ、あんたに仕事はまわってこないわね」

しばらくして百合がつぶやきを漏らした。

「そうだな。だが、まあそれはいいことだ」

「仕事がなくていいって、あんたはまったく呑気《のんき》だね」

「そういう仕事だからしかたねえさ」

百合は鷹揚《おうよう》な女で、官兵衛のことを深く穿鑿《せんさく》しない。また、知ろうともしない。だから官兵衛は自分からあれこれ話してやるが、兼四郎と組んでやる〝仕事〟のことは伏せていた。めったに口にしてはならないことだからだ。

「明日は……」

官兵衛が声をかけたとき、百合はすやすやと気持ちよさそうな寝息を立てていた。

五

雨戸の隙間から朝の光が幾筋も暗い部屋に射し込んできたとき、表に足音がした。誰かが食事を運んできたのだとわかり、お律はびくっと体を固めた。

もはや助けてくれ、家に帰してくれと懇願しても無駄だとわかっているので、お律は口を閉じたままじっとしていた。

と、いきなりがらりと戸が開けられ、さっと明るい光が廊下に流れ込んできた。

「お律」

声がかけられて、床を踏む足音が近づいてきたと思ったら、座敷前の廊下に大きな男があらわれた。顔を頭巾で覆っていて目だけしか見えない。

お律はその男をじっと眺めた。すると男はゆっくり部屋のなかに入ってきて、お律の前に腰を下ろした。

「そなたの親はわしらを騙《だま》した」

「え……」

「昨日、そなたの親は金を持ってきたが、わしらが催促した金高《かねだか》ではなかった」

「………」

「そなたの親がわしらのいいつけを守っておれば、そなたはそのまま家に帰すつもりだったが、そうすることができなかった。まことに残念なことだ」

「………」

「そうはいっても、ここであきらめるわけにはいかぬ。そなたに少し手伝ってもらう。読み書きはできるか？」

お律は無言のままうなずいた。

「ならばいうように文を書いてもらう」

男はそういって懐から矢立《やたて》と半紙を取り出して、お律の膝許に置いた。

「文にはこう書いてくれ。約束の金を届けてくれなければ、わたしはほんとうに殺されます。下手な小細工をせずに金を届けてくれ、となし」

さあ、書けと男は促した。

お律は恐る恐る筆を取り、前屈みになって半紙に近づいた。男は書けと命じる。お律はふるえそうになる手を動かして、男のいったことを書いた。

「それから受け渡しの場所をいうから、それを書くのだ。長命寺より北へ二町ほど行ったところに地蔵堂がある。受け渡しは、その地蔵堂の前だ。約束の刻限は、明日、申刻《さるのこく》。それだけでよい」

お律はいわれるまま手を動かして書いた。

男は一度その文面を眺めてから「よかろう」と、納得したようにつぶやいた。

「不自由はしておらぬか？」

不自由だらけであるが、お律は黙ってうなずいた。

「明日までの辛抱だ。そなたの親が約束を守ってくれれば、明日には家に戻ることができる。それからひとつ訊ねるが、岸本屋には雇っている侍がいるか？」

「お侍……いいえ」

お律は一度まばたきをして首を振った。

「父御に侍の知り合いはいないだろうか？」

「さあ、いないと思います」

男はお律をじっと見つめたあとで「さようか」と、つぶやいた。

「あ、あの……」

お律はふるえ声を漏らした。

男は頭巾のなかにある目をひたと向けてくる。

「おとっつぁんがお金を持ってきてくれたら、ほんとうにわたしを帰してくださるんですね」

「……そなたの親次第だ。されど、そなたを見捨てるようなことはしないはずだ。親を信じることだ」

「わたしを帰してくださるというのもほんとうですね」

男は黙って顎を引いてうなずき、ゆっくり立ちあがると、

「いま朝餉《あさげ》を運ばせる。いましばらくの辛抱だ」

そういって離れの家を出て行った。

お律は戸の閉ざされる音を聞き、男の足音が遠ざかると、急いで戸口に行き、戸の隙間に顔をつけて母屋のほうに目を向けた。

男はそのまま母屋に消えた。お律は男たちが何人で自分を攫ったのか知ってい

た。何度も雨戸の隙間や戸口の隙間からのぞき見てそれを把握していた。

男たちは四人だ。それ以外にはいなかった。遠目ではあるが、ぼんやりとその男たちの身なりや顔を見ていた。

自分に声をかけて攫ったのは、撫で肩の瘦せた男だった。食事を運んでくるのは、仲間のなかで一番若い、八十五郎と呼ばれる男だった。

他の男の名前はわからないが、言葉つきや腰に差している刀から侍だというのははっきりしていた。

(明日、ほんとうに家に帰れるのかしら)

内心でつぶやいて、元の座敷に戻りゆっくり腰を下ろした。

(帰りたい、ほんとうに帰りたい)

泣きたいほど家に帰りたい。でも、明日までの辛抱かもしれない。明日になれば家に帰ることができる、そうなることを祈るしかなかった。

しかし、不安もあった。父の惣兵衛は跡取りになる男子がいないので、長女の自分に養子を取らせて家を継がせようと考えていた。だけど、後添いのお涼が身《み》籠《ご》もっている。その腹の子がもし男だったら、女の自分の扱いは自ずと変わる。

お律はずいぶん目をかけられて育ってきた。それも家に男子が産まれなかったからだ。お律の下には二人の妹がいるが、ひとりは病弱でもうひとりは生まれつき足が不自由である。だから、父・惣兵衛は家の将来を自分に託しつづけてきた。

しかし、後添いのお涼に男子が誕生すれば、自分は用なしになる。婿養子を取る必要もなく、どこかに嫁入りするだけだ。

そんな娘に大金を払ってくれるだろうかという不審感を募らせていた。日がな一日中暇なので、いらぬことを考えてしまい、心細さが強くなっていた。

もし、無事に帰ることができたら、後妻のお涼と仲良くやろうと考えるようになってもいた。生みの母親は悲しいことに死んでしまったが、それはしかたないことだった。

お律は死んだ母への思慕が強く、後添いのお涼をどうしても好きになれなかった。だから愛想悪く接しつづけていた。やさしいことをされても邪険に応じて避けていた。

そんな自分のことを嫌になることはしばしばだったが、もし家に帰ることができたら、おっかさんと呼んでやろうと思う。やさしく接してこられたら、やさしく応じてやろうと思いもする。

だから、

（おとっつぁん、助けて……）

胸のうちでつぶやいたとたん、お律の目にみるみる涙がわきあがった。

六

昨日と違い、気持ちよいほどの真っ青な空が広がっていた。朝日は商家の障子の白さを引き立てていた。

「すると金目あての拐かしということか」

兼四郎からあらましを聞いた官兵衛は、ずるっと茶を飲んで、

「それでおれはどうすればよいのだ？」

と、兼四郎に顔を向け直した。

岸本屋に近い茶屋だった。そばの床几には定次も座っている。

「向島へ行ってあやしい侍を捜してもらいたい。そういっても見当をつけにくいだろうが、ひとりは細身で撫で肩。おれを襲った男の顔はわからぬが、剣の腕はたしかだ。体は並だ。もうひとり、金を取りに来た男がいるが、こやつは頑丈《がんじょう》そうな体つきだった。それだけであたりをつけるのは難しいだろうが、そやつら

がいっしょに動けば、それとわかるかもしれぬ」

「なんとも曖昧《あいまい》であるな」

官兵衛はまたずるっと音を立てて茶を飲んだ。

「向島には金持ちの商家の寮がある。されど、いまは景気のよくないご時世。使われていない寮があるとも聞く。また、空き家となっている百姓家もある。賊はそんな家を隠れ家にしているかもしれぬ。おれと定次は賊に顔を見られている。下手に動けば賊に警戒されるのはいうまでもない。頼りはおぬしだ」

「兄貴にそういわれちゃ、断るわけにはいかねえな。もっともこのところ体を持て余していたので、何でもやるさ。それで、この一件はやはり升屋と栖岸院の和尚からの頼みなのかい」

「此度は升屋からの話で、和尚とは会っておらぬ。升屋は岸本屋の主惣兵衛と親しい間柄だ。そんなわけで升屋は岸本屋に救いの手をのべたというわけだ」

「そして、浪人奉行様のお出ましと相成った。さようなことか」

官兵衛は茶化すようなことを口にして、太股のあたりをぼりぼりとかいた。着流しに袴《はかま》を穿《は》いているが、羽織はつけていなかった。

「賊は官兵衛の顔を知らぬが、できれば目立たないようにひそかに調べてもらいたい」

「わかった。早速これから向かうことにするが、どこで落ち合う。兄貴も向島に来るのか？」

兼四郎は空をゆっくり舞っている二羽の鳶《とび》を眺めてから答えた。

「遅かれ早かれ岸本屋には賊からの沙汰があるはずだ。やつらの狙いはあくまでも金だ。昨日のことであっさりあきらめるとは思えぬ。おれと定次は岸本屋界隈で聞き調べをやり、昼過ぎにでも向島に向かう。竹屋の渡しの舟着場のそばに年寄り夫婦のやっている茶屋がある。余裕をみて八つ半（午後三時）頃にその茶屋で会うというのはどうだ」

「承知した」

官兵衛は太った体を揺するようにして床几から立ちあがった。

「くれぐれも先走ったことはやるな」

「懸念には及ばぬ」

官兵衛はそのまま歩き去った。兼四郎はその姿を見送ってから口を開いた。

「賊は少なくとも三人以上。やつらは岸本屋の内実に詳しい。何より跡継ぎのかすがいとなる娘のお律を攫っているのがその証拠であろう」

「それじゃ岸本屋からもう一度話を……」

定次が顔を向けてきた。

「うむ」

兼四郎は冷めた茶に口をつけた。

縁側に立って表を眺めている平九郎の背後の座敷で、仲間たちが不平を漏らしはじめた。

「昨日と同じように金を取ることができぬなら、おれはなんのために平九郎の口車に乗ったかわからぬ。おまけに役目を放り出しているのだ。そのことわかっておるのだろうな」

背中に近藤左馬助の言葉が突き刺さる。

「左馬助、おれとてそれは同じだ。小普請入りをしたままでは、先が見えぬから平九郎の話に乗ったのだ。もう一度しくじるようなことになれば、おれは考えなければならぬ」

大橋米太郎はそういってつづける。

「八十五郎、きさまとて同じであろう。仕官をあきらめ、やりたくもない仕事をし、辛酸《しんさん》を嘗めている。そうであるな」

「おっしゃるとおりです。車力仕事や船頭仕事をやるようになるとは、ゆめゆめ思いもしなかったですからね。あっしもいずれは幕臣になりたいと願っていたのですが……」

「あっしか……ふん、おぬしはすっかり町人になってしまったな」

米太郎は小馬鹿にしたようなことをいって、

「平九郎、みんなの思いはわかっているはずだ。それにいつまでもこんなところにいるわけにはいかぬ。どうするのだ?」

平九郎に声をかけてきた。

「どうするもこうするもない」

平九郎は振り返って言葉を返すと、座敷に戻ってゆっくり座った。

「手は打つといっているであろう。お律には文を書かせた。あとはそれを岸本屋に届けるだけだ」

「またもや端金だったらいかがする? 岸本屋は娘の身を案じておらぬのではないか。おぬしは、岸本屋には嫡男《ちゃくなん》がおらぬから、長女のお律がその代わりになると申すが、長女がおらずとも養子縁組をすればすむことだ。武家の間ではままあることであろう」

左馬助だった。ひげづらのなかにある目を光らせて平九郎をにらむように見る。

「岸本屋がお律に婿を取らせ、あとを継がせようとしているのはわかっておる。お律がいなければ、岸本屋は大いに困るのだ。同じことを何度いわせる」

「それはわかっておる。おれが心配するのは金だ。こちらのいいなりに、岸本屋が金を持ってくるかということだ。今度欺《あざむ》かれたらいかがする。役目を放り出しておぬしの話に乗ったばかりに、何もかもなくすことになるのだ」

「岸本屋は欺きはしない。そうでなければならぬ」

「今度の脅しに岸本屋が応じなかったらいかがする?」

米太郎だった。

「応じなかったら娘の命がないとわかっているのだ。岸本屋は愛娘を見殺しにするような親ではないはずだ」

「ならば、なぜ昨日は端金を入れた金箱を持ってきたのだ。そこが気に食わぬのだ。おれたちは愚弄されたようなものではないか」

「そう突っかかるな。それに、いらぬ心配ばかりしていては先に進めぬではないか。わしらはやることをやる。ただ、それだけだ。必ず金を持ってこさせる」

「もうひとり攫ってやるか……」

そういったのは左馬助だった。大きな目をぎらつかせて、仲間を眺め、

「一計であろう。二人も攫えば、岸本屋も怖《お》じけるのではないか」

と、同意を求めた。

だが、誰もその考えには呼応しなかった。

「一計は一計であろうが、誰を攫う？　それにもうひとり攫うにはそれなりの支度をしなければならぬ。手間も暇もかかるし、岸本屋にとって最も大切な者を……」

言葉を切った平九郎はあることにはたと気づき、太い眉を動かした。

「いかがした？」

左馬助が聞く。

「後添いがいる。岸本屋惣兵衛のいまの女房は後添いだ」

「その女房は岸本屋に入っていかほどだろうか？」

「二年はたっていないはずだ」

「その女房を攫うというのはどうだ？」

左馬助は名案だという顔をしてみんなを眺めた。

「いや、無理だ。すぐに攫えるなら話は別だが、そう易々とことは運ばぬだろう。ここに及んで手間暇かけるのは得策ではない」

米太郎だった。

平九郎はそういった米太郎をじっと眺めた。血の気が多くせっかちな男だが、たまにはよいことをいう。しかし、こやつらは一日も早く金を手にしたいと考えているに過ぎない。もっとも、それはおのれとて同じであるが、左馬助の考えは愚策だろう。

「ここであれこれ話していても先には進めぬ。文は書いてある。あとはそれを届け、岸本屋に今度こそ五百両の金子《きんす》を運んでもらう。やることはひとつなのだ。そうではないか。おさおさ怠りなくやるのみではないか」

平九郎はぐっと胸を張り、諭《さと》すようにいった。みんなは黙っていた。

「五百両を手にすることができれば、ひとり頭百二十五両。昨日の金もあるので、それも等分にする。いまは貧乏な身の上だが、金が入れば向後の生き方も変わる。そのことを信じてやっていることだ」

「そうだな、不安や心配事ばかり話し合っても金にはならんのだ。では平九郎、まずは文を届けねばならぬが、それはいかがする?」

ようやく左馬助もわかったという顔をした。おそらく金の話をしたからであろう。

「考えがある」

平九郎の言葉に、みんなは少し身を乗り出した。

七

兼四郎と定次が、向島側にある竹屋の渡しの舟着場近くの茶屋に着いたのは、八つ(午後二時)を少しまわった刻限だった。

官兵衛との約束は八つ半頃だったのでそれより早く着いたことになる。

「官兵衛さんはまだ来ていませんね」

定次は床几に座るなり、周囲を見わたしてから兼四郎に顔を向けた。

「いずれやってくるだろう。お婆殿、茶をもらおう」

兼四郎は店の婆さんに注文した。

官兵衛があやしげな空き家を見つけていれば、そこへ行ってたしかめるべきかどうか考えなければならない。さもなくば、様子を見るために見張るべきか。

そんなことをつらつら考えていると、茶が運ばれてきた。

「お婆殿、ちと訊ねるが……」

兼四郎は奥に下がろうとした婆さんを呼び止めた。

「へえ」

「このあたりには空き家が増えていると耳にしておるが、そんな家に出入りをしている浪人やあやしい者を見たことはないか？」

「空き家はあちこちにあると聞いてますが、はて、どこにあるのかわたしゃ存じません。胡散臭《うさんくさ》い浪人や在から流れてくる侍や百姓はときどき見かけます。障《さわ》りがあるといけないんで、おとなしくしていますけど、物騒だなという人はひとり二人じゃありませんよ。今戸のほうからも、与太者《よたもの》めいた男が来ます」

「近頃、見かけない侍を見たようなことはどうだね」

「それなら幾人もいますよ」

兼四郎は細身で撫で肩の男を見なかったかと聞いてみたが、婆さんは首をかしげるだけだった。

「人相がはっきりしておればよいが、それがわからぬからな」

兼四郎は独り言のようにいって茶に口をつけた。

「まったくです」

定次も茶に口をつけ、言葉をついだ。

「しかし、賊はもう一度知らせてきますかね」

「身代金五百両は大金だ。それだけの金を強請《ねだ》っているのだから、あっさりあきらめはしないだろう」

「昨日やつらが手にしたのは三十両だけですからね。三十両も大金ではありますが……」

定次がぼそりといったときに、土手下の百姓地に、遠目でも官兵衛とわかる姿が見えた。兼四郎はそちらを見て、あたりにも目を配った。官兵衛は畑と畑の間にある畦道を歩いてきている。

やがて彼岸花と薄が繁茂している土手下に姿が消え、ほどなくして土手道にあがってきた。

「よお、もう来ていたのか」

官兵衛が先に声をかけてきた。

そばまでやって来て「よっこらしょ」と、声を漏らして兼四郎の隣に腰を下ろした。

「何かわかったか？」

「いや、わからぬ。空き家は何軒も見つけたが、人の踏み込んだような形跡はなかった。見つけたのは犬の死骸と家のなかを這いまわる鼠だけだ。おい、おれにも茶をくれ」

官兵衛は店の奥に声をかけて、兼四郎たちの調べを聞いた。

「やはり賊らしき男を見た者はいないし、お律を攫った者を見た者もいなかった。賊は岸本屋の内実に詳しいはずだからそのことを聞いても、惣兵衛はわからぬというばかりだ」

「岸本屋に恨みを抱いているとか、根に持っているようなやつは……？　お、すまねえな」

官兵衛は婆さんの運んできた茶を受け取った。

「惣兵衛はまったく心あたりがないという」

「それじゃお手挙げではないか」

「そういわれると元も子もない。こうなると、賊がどう動くかだ。おそらく新たな沙汰を届けてくるとは思うが……」

「そのとき岸本屋はちゃんと金を用意するのか？」

「娘の命には代えられない、肚を括って支度をするといった。ただし、お律が無事であることを目でたしかめられないなら、金はわたさないと強気だ。それでよいと思うが、相手がどう出てくるかがわからぬ。それでどのあたりを見てきたのだ？」

問われた官兵衛は百姓地に目を向けた。

目の前の土手下には三囲稲荷《みめぐりいなり》があり、荒れた田畑が広がっている。三囲稲荷から三町ほど先には越後長岡藩の抱屋敷があり、その先はまた百姓地だ。

官兵衛は長岡藩の抱屋敷の東へ向かい、曳舟川《ひきふねがわ》沿いに歩き、村をひと巡りする形で満願寺の南側から村道をつたって戻ってきたといった。

「それより北はまわらなかったのだな」

「空き家を見つけるたびに様子を見、あやしい動きがなければ近づいてたしかめるの繰り返しだ。これが結構手間取るのだ」

「さようか。ご苦労であった」

「それで、どうする？」

問われた兼四郎は短く思案した。

もし、官兵衛が不審な空き家、あるいはあやしげな男たちを見ていれば、探りに行こうと考えていたが、一旦あきらめるしかなさそうだ。

「岸本屋に戻ろう」

しばらくしてから兼四郎は官兵衛と定次に告げた。

「戻ってどうするのだ？」

「賊はもう一度岸本屋に何らかの沙汰をもたらすはずだ。誰がどんな形でやってくるかわからぬが、それを見張る」

「そういうことか」

官兵衛はそういって西にまわりはじめた日をまぶしそうに仰ぎ見てから、

「ならば急ぎ戻るか」

と、床几から立ちあがった。

三人はそのまま向島を離れ、市ヶ谷田町へ急いだ。

岸本屋の近くまで来たときは、すでに日が暮れかかっていた。西の空は茜色《あかねいろ》や橙《だいだい》に染まり、仕事を終え家路を急ぐ職人らの姿があった。

官兵衛が腹が減ったというので、「ならばこの近くで腹拵《はらごしら》えをしておけ。おれと定次は岸本屋に行ってくる」と、兼四郎は定次を促して岸本屋に向かった。

「あ、八雲様、八雲様」

岸本屋の表口へ来たとき、一方の道から慌てた様子で近づいてくる男がいた。

岸本屋の使用人だった。

「見つかってようございました。主が急ぎ会いたいと申しております」

何かあったなと、兼四郎は目を光らせた。

「どこへ行けばよい」

「屋敷奥の座敷で待っております」

兼四郎はそのまま岸本屋の表口から家に入り、女中に断ってから、惣兵衛のいる奥座敷を訪ねた。

あらわれた兼四郎を見るなり、惣兵衛は陰鬱《いんうつ》な顔で、

「八雲様、文が届きました」

と、膝許に置いていた文を手に取って、兼四郎にわたした。

「明日、もう一度律と金の取引です」

兼四郎は重苦しそうな声を漏らす惣兵衛を見て、文を開くなり眉間にしわを彫った。

第四章　隠れ家

一

「これはいつ、誰が届けた？」

文を読み終わった兼四郎は惣兵衛をまっすぐ見た。

「半刻（約一時間）ほど前です。届けに来たのは番屋の新助《しんすけ》という番人でした」

「番屋の番人が……」

兼四郎は眉宇をひそめ、もう一度文に視線を落とした。

「この字はお律のものか？」

「間違いありません。あの子の字です」

兼四郎は宙の一点を凝視し、

「とにかく賊を捜す。取引の前にお律を救い出せればよいが、どうなるかわからぬ。岸本屋、いざという場合に備えておいてくれ」

備えというのは金の支度である。惣兵衛は意を汲《く》み取って、わかりましたと心細い顔で応じた。

兼四郎は岸本屋を出ると、定次を連れて市ヶ谷田町上二丁目の自身番を訪ねた。

「新助という者はいるか？　わたしは八雲兼四郎と申す。折り入って訊ねたい儀がある」

文机の前に座っている書役《かきやく》に問うと、奥にいた三十がらみの男が、

「新助はわたしですが……」

と、訝しそうな顔を向けてきた。

「岸本屋に文を届けたと聞いたが……」

「ああ、あのことですか。へえ、預けられたので届けましたが……」

「誰から預かった？」

「どなたかわかりませんが、お侍でした」

「侍……名は聞いたか？」

「いいえ、岸本屋に世話になっている者だとおっしゃっただけです」

「そやつの人相を覚えているか？」

「人相……何かあったんでございましょうか？」

「教えてくれ」

「左眉の上に黒子《ほくろ》のある人でした。色が黒くて頬骨が高かったです。歳は三十には届いていないと思います」

そのとき、そばにいた定次が「あ」と、声を漏らした。兼四郎が顔を振り向けると、

「旦那、あの百姓のなりをして箱を担いでいった男です」

と、定次は目を光らせ、あっしは覚えていますと言葉を足した。

兼四郎は新助に顔を戻した。

「その男と他になにか話さなかったか？」

「急いでいるので頼まれてくれといわれただけです」

「どこの何者かわからぬのだな？」

「はい」

兼四郎はそのまま自身番を出た。

「旦那、間違いありませんよ。金箱を持って行った男です」

「あのときは百姓の身なりだったが、今度は侍の恰好だった」

「半刻以上前にその野郎は、さっきの新助に文を託してどこかへ消えたことになりますが、足取りはつかめませんね」

兼四郎は黙り込んだまま、日の落ちかけた堀端沿いの道の遠くへ視線を飛ばした。

賊はまたもや向島での取引を指定してきた。賊の隠れ家が向島にあるということなのか？　それとも他の地からやってくるのか？

「いかがします？」

考え事をしていると定次が声をかけてきた。

「官兵衛はどこだ？」

「その先の飯屋で待っているはずです」

定次は通り沿いにある一軒の飯屋を指し示した。

その飯屋の暖簾をくぐると、官兵衛が店の女を相手に豪快に笑っていた。

「おまえは面白い女だ。腹がよじれそうではないか。アハ、アハハハ……」

「もうお侍さんの食べっぷりがよすぎるからですよ。あ、いらっしゃいませ」

店の女が兼四郎と定次に気づいて声をかけてきた。

官兵衛のそばには空の丼と小皿と汁椀があった。

「お知り合いですか。こちらのお侍さんは、丼飯を三杯も食べて、ようやく腹が落ち着いたけど、あと三杯はいけるとおっしゃるんですよ。関取みたいなお侍さんでしょ。で、何にいたしましょう？」

聞かれた兼四郎は、定次にもう飯時だから食っておこうといい、焼き魚と飯を注文した。

「あの女中、おれを関取みたいだといい、生まれた村には大飯食らいの怪力の持ち主がいて、蠟燭《ろうそく》の火を屁《へ》で吹き消していたという。その屁の音の大きさに驚いた鶏《にわとり》が屋根まで跳び上がり、臭いを嗅いだ婆さんが気を失って倒れたというんだ。アハハ……あの女中の話し方が面白くてな」

官兵衛は思い出し笑いをして茶を飲んだが、ぷっと吹きこぼした。兼四郎と定次はさして面白い話ではないという顔をして、床几に腰を下ろした。

「それでどうなった？」

「明日、取引をすることになった」

兼四郎は低声で答えた。

「またもや向島だ。長命寺の先に地蔵堂がある。その前に七つという約束だ」

「賊から沙汰があったのか？」

官兵衛は真顔になっていた。

「お律に文を書かせ、それを持ってきた男から自身番の番人が預かり、岸本屋に届けたのだ。その男のことはわからないが、昨日取引の場にあらわれ金箱を持って行った男だった。あのときは百姓に化けていたが、今日は侍のなりだったらしい」

「なぜ、そいつだとわかった？」

「あっしは惣兵衛さんといっしょに受け渡し場所に行っています。そのときに見ています。番屋の者が話した人相と、金箱を持って行った男は同じです」

定次が答えた。

「そうか。それでどうするのだ？」

官兵衛は兼四郎を見た。

「明日の朝早く向島へ行く」

「賊の隠れ家を探すのか？」

「向島ではないかもしれぬが、取引前に探しあてることができれば、お律を救い出す」

兼四郎は意を決した顔で答えた。

「探せなかったら……」

「取引をさせるしかない。お律を返してくれるかどうかわからぬが、おれたちは賊のあとを尾ける」

「尾けて金を取り返す」

「お律もだ」

「うむ」

官兵衛がうなずいたとき、飯と汁物が運ばれてきた。

「魚はすぐお持ちしますから」

女中が下がると、

「明日が勝負ってわけか」

と、官兵衛が顔を引き締めた。

二

「平九郎、この家はどうする？」

酒を飲んでいた大橋米太郎が、ぐい呑みを膝許に置いて顔を向けてきた。

満願寺東の隠れ家である。

「どうするとは……」

「明日の取引がうまくいったあとのことだ。またここに戻ってくるのか?」

「それは考えどころだ。この家は住み心地がよいが、いつまでもいるわけにはいかんだろう」

「金はどこでわけるんだ?」

近藤左馬助だった。大きな目をさらに見開いて見てくる。

「ここでもよいと考えていたが、岸本屋はまた用心棒みたいな侍を連れてくるかもしれぬ。そうなると厄介だ」

「あの男、なかなか腕が立つ。運良くおれに斬られなかったが、しぶとそうだ。だが案ずることはない。またあらわれたら今度こそ斬り捨てる」

左馬助は手にしていた箸《はし》で首をかき切る仕草をした。

「相手を見縊《みくび》っていると逆にやられるぞ。おぬしは自分の腕を自慢するが、おれに勝ったことが何度ある」

大橋米太郎だった。

冷《さ》めた目を細めて、ふんと小馬鹿にしたように鼻を鳴らした。

「道場での立ち合いではそうだが、真剣での斬り合いはちがう。おぬしはそれがわかっとらんのだ」

「なにを……何がわかっとらんという」

米太郎は頬を紅潮させた。血の気が多く気短《きみじか》な男だからすぐムキになるのだ。

「教えてやろう。防具をつけて竹刀《しない》で打ち合っても、急所にあたらなければ一本取ったことにならん。されど、真剣ならば指の一本、いや腕をかすられただけでも動きは鈍くなる。真剣での勝負は先に怪我をさせたほうが勝つのだ。それが東軍流の極意であろう」

「口ではなんとでもいえる」

「やめぬか。いまはそんな話をしている場合ではないのだ」

平九郎は二人をたしなめて言葉をついだ。

「明日の取引の場所は見通しが利く。岸本屋がひそかに用心棒をひそませていても、すぐには出てこられぬだろう。おれたちは金をもらったら、そのまま舟で大川を下って逃げる」

「舟……」

「いま、思いついたのだ」

「それはいい考えだ。だが、お律はどうする？」

左馬助だった。

「ここに置いていく」

「連れて行かぬと、岸本屋は金を渡さないのではないか」

「そこが思案のしどころだ」

「連れて行けばよいだろう。金と娘は引き換えだ。岸本屋もそれで納得するだろう。下手な小細工は無用だ」

米太郎はそうしようと言葉を足した。

「舟で逃げるといったが、八十五郎に舟はまかせるとしても、その舟はどうする？」

左馬助は平九郎と八十五郎を交互に見た。答えたのは八十五郎だった。

「舟なら明日の朝にでもどこかで都合しましょう。拝借して乗り捨てるだけならどうにかなるはずです」

平九郎は頼もしいことをいう八十五郎の黒い顔を見た。

「すると、舟は仕立てられるのだな」

「何とかなるでしょう」

「左馬助、米太郎、そういうことだ」

「話は決まりか。すると、この家にもう戻ってくる必要はないわけだ。それで、どこへ行く？」

左馬助が顔を向けてきたが、答えたのは船頭役をやる八十五郎だった。

「舟を地蔵堂のそばに舫《もや》うとすれば、源森川《げんもりがわ》に入り、そのまま大横川《おおよこがわ》を下る。あるいは大橋《おおはし》（両国橋《りょうごくばし》）をくぐり抜けて竪川《たてかわ》に入るかでしょう」

「それは八十五郎、おぬしにまかせる」

「よし、話は決まった」

米太郎が手を打ち鳴らして、

「明日になれば、貧乏な暮らしともおさらばだ」

と、楽しそうに笑った。

「米太郎、明日の取引まで気を抜いてはならぬ」

平九郎はそうたしなめてから立ちあがり、縁側に立った。あたりは暗い闇に包まれているが、空には明るい星と月が浮かんでいた。庭の隅や床下で虫たちがすだいていた。

「明日か……」

平九郎はつぶやきを漏らして、空でまたたく星をあおいだ。

離れに監禁されているお律は、納戸のなかにあった一本の五寸釘を見つけていた。自分を攫った侍たちが母屋に入るのを見届けると、雨戸の建付けの悪そうな箇所を探し、釘を使って必死にこじ開けようとしていた。

しかし、戸板一枚なのに開けることができない。釘は細すぎるのでそのうち手が痛くなった。それでも痛みを堪えながら、少しずつ隙間を広げようと手を動かしつづけた。

その甲斐あって夜の風が入り込むようになり、表の闇を見ることができた。

（もう少し）

頰を伝う汗を手でぬぐって、地道な作業をつづけた。

しかし、もう少しのところでお律の希望は打ち砕かれた。なんと、隙間を広げることはできたが、その先に頑丈な厚い板が打ちつけられていたのだ。鋸《のこぎり》か斧《おの》がなければその板を外すことはできない。

お律は顔中に汗の粒を張りつかせたまま、がっくりと両手を床につき深く息を吸って吐いた。虚しさが胸のうちに広がり、なぜ自分がこんなひどい仕打ちを受けなければならないのだろうかと嘆いた。

（おとっつぁん、助けて。助けて……）

胸のうちでつぶやくと、それまで味わったことのない悲しさに打ちひしがれ、涙を溢《あふ》れさせた。

明日には帰してくれるといわれているが、お律はいますぐ家に帰りたかった。もう何日こんなところに閉じ込められているのだと、我が身の不幸を嘆かずにはいられない。

ひとしきり泣いたあとで、はたと顔をあげ、口をきつく引き結んだ。ここであきらめてはならないと自分を鼓舞した。きっと逃げられる場所がある。戸という戸は、表から厚い板で塞がれているが、きっとどこかに手を抜いているところがあるはずだと思った。

お律は気を取り直して、その場所を手探りしていった。

あった！

ここなら開けられそうだと思ったところは、考えもしなかった戸口だった。表に心張《しんば》り棒《ぼう》をかけてあるだけだと気づいたのだ。

　ここならばと思ったお律は、再び釘を使って戸板を内側に倒そうと考えた。戸板の上部か下部に緩い場所があるはずだった。

　隙間に釘を差し入れ、もっとも深く入る場所を探すと、戸柱の近く、下のほうにわずかな空間があった。そこから表の風が吹き込んできていた。

　お律はその空間に釘を差し入れ、こねるように動かした。二度三度と同じことをした。

「あッ……」

　なんと釘が折れてしまった。古い釘だったので、何度も同じ力を加えているうちに弱くなっていたのだ。

　お律は絶望のため息をつき、がっくりと肩を落とした。そのとき表に足音がして、それが近づいてきた。

　お律は体を固めた。

「お律」

　心張り棒の外される音がして、がらりと戸が開けられた。

　お律は驚いたように後ろに下がり、尻餅をついた恰好で入ってきた男を見た。

「おれのことを覚えているか？」

男は顔を隠す頭巾をしていなかった。そのまま敷居をまたぎ、後ろ手で戸を閉めた。切れ長の細い目が行灯のあかりを受けて光っていた。

「覚えておらぬか……」

お律は首を振りながらゆっくり下がった。手探りで短い廊下にあがり、逃げるように座敷に戻った。だが、すぐに男が入ってきた。

お律は裾が乱れ、片方の太股があらわになっているのにも気づかず、

「な、なんです？」

と、ふるえる声を漏らして男を見た。撫で肩の細身だ。

「おまえを攫ったのはおれだ。気づいていなかったか」

男はゆっくり近づいてくる。

「今夜でおまえの見納めだ。だが、ただ別れるのはもったいない。忍びないのだ。おまえは……」

男はさっと近づくなり、お律を倒して抑え込んだ。

「おれは大橋米太郎。名を教えるのは、明日江戸を離れるからだ。されど、いつか戻ってくるかもしれぬ。そのときはお律、おまえにまた会いたいものだ」

大橋米太郎と名乗った男の息がうなじにかかった。お律は顔をそらし、逃げよ

うとするが、米太郎の右腕が脇の下にあり、左腕は首にまわされていた。

「おまえは町屋の娘にしてはめずらしくいい女だ」

米太郎はお律の頰に顔を寄せて、甘い声でささやいた。

「や、やめてくだ……」

掌で口が塞がれ、もう一方の手で乱れた着物がまさぐられた。米太郎の冷たい手の感触が肌を這っていた。やめて、やめてと叫ぶように首を振るが、声は塞がれた口からかすかに漏れるだけだった。

「いい女だとは思っておったが、ほんとうにいい体をしている。肌もすべらかではないか……」

「いやッ」

お律は首を振るが、依然として声は塞がれた手の隙間から漏れるだけで、米太郎の手がくびれた腰から乳房に達した。と、荒々しく着物の裾がめくられ、仰向けにされた。

すぐに米太郎が覆い被さってくる。

「取って食おうというのではない。少し楽しむだけだ、怖がることはない」

「や、やめて、やめてください。助けてー！」

塞がれていた口から手が離れたので、お律は悲鳴じみた声をあげた。

「黙れッ」

また口を塞がれた。つづいて、下腹部に固いものを押しつけられた。

お律はいやだいやだと首を左右に振った。怖ろしくて気味が悪かった。逃れようと体をもがくうちに涙が溢れた。

そのとき、戸口で物音がしたと思ったら、座敷口に大きな男があらわれた。みんなが平九郎と呼んでいる男だった。

「やめぬかッ」

平九郎は近づいてくるなり、米太郎の後ろ襟をつかんでお律から離れさせた。

「まったく、何をやっておるんだ」

「けッ、邪魔しやがって」

米太郎はふてくされたような顔で乱れた自分の着物を調えた。平九郎はその様子を黙したまま短くにらみ、怯《おび》えているお律に視線を向けた。

「二度と斯様《かよう》なことはさせぬ。今夜はゆっくり休むのだ。そなたの親が約束を守ってくれるなら、明日には家に戻れるだろう」

平九郎はそれだけをいうと、米太郎に視線を向け「立て」と、命じた。

「なんだい、まったく……」

「行くんだ」

平九郎は立ちあがった米太郎の背中を強く押した。そして、二人はそのまま離れを出て行った。戸口を出るときには、またしっかり心張り棒のかかる音がした。

お律はふっと大きなため息をつき、頬に張りついている涙を掌でぬぐい、がっくり肩を落とし、

「助けて、助けてください」

蚊の鳴くようなふるえ声を漏らした。

三

まだ暗い夜の明ける前に満願寺東の隠れ家を出た戸部八十五郎は、村の道を辿り南へ向かった。足許の草は夜露《よつゆ》に濡れ、木々の葉も湿りを帯びていた。東の空は薄明るくなっているが、日が顔をのぞかせるには間があった。

八十五郎は先を急ぐでもなくたしかな足取りで、荒れた畑や田の畦道を辿る。

今日は金持ちになれるという期待感が胸のうちにあった。

それも百両以上だ。

考えただけでわくわくする。思わず足取りが軽くなりそうだ。だが、先のことに浮かれている場合ではない。岸本屋が五百両を持ってこなければ、糠喜《ぬかよろこ》びになる。

塩見平九郎は岸本屋は今度こそ約束を守るといっているが、それはわからないことだ。八十五郎は一昨日、金箱を運んでいるが、それには三十両しか入っていなかった。また同じことが繰り返されないとはいえない。

（しかし、娘の命がかかっているのだからな）

八十五郎はあれこれと自分勝手なことを考えながら野路を歩きつづけた。

大横川に注ぎ込む曳舟川沿いの道を辿り小梅瓦町《こうめかわらまち》に入ると、そのまま河岸道《かしみち》に足を進めた。岸辺にひらた舟や粗末な小舟が舫われていた。いずれも荷舟である。

八十五郎は猪牙舟《ちょきぶね》を拝借したかった。川を上るのはどの舟も往生するが、下りになると猪牙はどの舟より速い。船宿の船頭をやっていた経験があるので、その辺のことはよくわかっていた。

しかし、その河岸地には猪牙舟はなかった。対岸に目をやる。まだ薄暗いが、舫われている舟はその形を見れば見分けがつく。

中之郷《なかのごう》瓦町《かわらまち》の河岸地に猪牙舟があった。橋のそばだ。川面から薄い霧が昇っていて町屋に紗をかけていた。昼間は瓦を焼く煙が立ち昇る場所だ。

八十五郎は橋をわたり、雁木《がんぎ》の上から一艘の猪牙舟に目をつけ、早速舫いをほどいて乗り込んだ。棹をつかみ岸壁を押すと、舟はミズスマシのようにすうっと川面を滑った。

源森橋をくぐり抜けると、あとは上りである。棹から櫓《ろ》に切り替えて、漕《こ》ぎはじめる。夜明けを感じた鳥たちが鳴きはじめていた。

ぎっしぎっしと櫓が軋《きし》み、舳《みよし》が波をかき分けて進む。武士の家に生まれた八十五郎は、幼い頃から剣術の鍛錬をしてきた。父親が仕官できなかっただけに、自分こそはちゃんとした士分になるのだという希望を持っていた。

されど、仕官の道は厳しく、知己《ちき》を頼っても取り立てられることはなかった。

結局、十八歳のときに幕臣への道をあきらめ、船頭や車力仕事をするようになった。そうやって町人たちに馴染んでいったが、心の片隅にはおれは侍だという矜持《きょうじ》があった。

だから暇なときには、塩見平九郎と同じ東軍流の道場に通っていた。

しかし、おれは侍だという矜持が他の町人たちの鼻についたのか、それまで親しく接していた者たちがひとり二人と離れてゆき、八十五郎は孤独感を味わうようになった。

どいつもこいつもいずれ見返してやると、肚のなかで闘志を燃やしもしたが、無駄なあがきだと悟るのに時間はかからなかった。

そんなときに平九郎から思いもよらぬ話が持ち込まれた。一生に一度の大博打《おおばくち》かもしれないと思ったが、

「きっとうまくいく。おぬしに損はさせぬ。いくらあがいても、お互い出世のできぬ身の上だ。ならば金をつかんで、その金を活かす生き方をしようではないか」

そういわれて心が大きく揺れた。

百両もあればそれを元手に新たな生き方ができる。恵まれぬ暗い人生だと思っていたが、光明を見たのだ。そうやって平九郎の計画に乗った。

この先に新たなおれの道がある。明るい道が拓《ひら》けるのだ。

八十五郎は目を輝かせて櫓を漕ぎつづけた。

東雲《しののめ》が紅《くれない》に色づいていた。その一部は紫色を帯び、そして橙色に染まった雲の層もあった。背後の空は薄い青色でそのずっと上の空は白かった。

烏の群れが鳴きながら西の空から東へ向かっていた。

自宅長屋を出た兼四郎は麹町の通りに出た。人の姿はなかった。菅笠《すげがさ》を首にかけ、手甲脚絆《てっこうきゃはん》に草鞋《わらじ》穿き。鉄紺《てっこん》の羽織に野袴《のばかま》というなりだ。

升屋の近くまで行ったとき、脇の路地から定次があらわれた。股引と膝切りの小袖というなりはいつもと変わらない。

「あっしはまた戻ってこなきゃならないんですね」

朝の挨拶をしたあとで定次がいった。

「ご苦労だが、そうしてくれ。昼過ぎまで付き合ってくれればよい」

定次は今日も惣兵衛といっしょに金箱を持って、取引の場所に行かなければならないから、一度岸本屋に戻る予定だ。

「官兵衛さんは寝坊していないでしょうね」

「いい加減なところはあるが、こういったときは案外ちゃんとする男だ。心配には及ばぬだろう」

兼四郎と定次はそのまま通りを進み、四谷御門を抜けて堀端の道に出た。近くの商家の軒下に積んである薪束に腰を下ろしていた官兵衛が、二人を見て大きな欠伸《あくび》をしながら立ちあがった。

官兵衛も兼四郎と似たような身なりだが、菅笠は持っていなかった。

「さて、まいるか」

官兵衛が先に歩き出し、

「百合が昼飯を持たせてくれた。気の利く女だ。定次、これを持て」

と、にぎり飯の入っている風呂敷包みを定次にわたした。

「できた女ではないか」

兼四郎が褒《ほ》めると、官兵衛はにやりと笑う。肉付きのよい顔にある細い目が糸のようになった。

「おれと相性のよさは天下一品だ。だがまあ、いつまでいっしょにいられるかな」

「あれ官兵衛さん、別れる気でもあるんですか？」

定次が目をまるくして官兵衛を見る。

「先のことはわからぬだろう。それが浮き世というものだ」

「ま、そうでしょうが……」

「ときどき行き倒れを見るが、明日は我が身かもしれぬのだ。そう思えば、いまを面白楽しく生きるしかあるまい」

「官兵衛さんはそうしているのでは……」

「まあ、そうかもしれぬ」

二人は愚にもつかぬ話をする。

兼四郎は聞き流しながら堀端の道を歩きつづける。

町には朝靄が漂い、遠くの家並みは白く霞んでいた。堀のなかで泳いでいた鵜《う》が嘴《くちばし》に魚を挟んで飛び立った。

牛込御門を過ぎたが、船頭の姿がない。そこで猪牙舟を仕立てるつもりだったが、もっと先へ行かなければならないようだ。

歩くうちにあたりがゆっくり明るくなってきた。東の空に朝日が昇り、三人の影を作る。お茶《ちゃ》の水《みず》を過ぎ昌平坂《しょうへいさか》を下ったとき、早朝に仕事をする豆腐屋や納豆売りの姿を見るようになった。

結局、猪牙舟を拾えたのは筋違橋《すじかいばし》の先にある佐久間河岸《さくまがし》だった。

三人を乗せた猪牙舟は柳橋をくぐり抜けると、そのまま向島を目指して大川を上りはじめた。

四

岸本屋惣兵衛は落ち着かなかった。

飯炊きの女中が作った朝飯も半分以上は残した。今日のことを考えると食う気になれないのだ。

頭にあるのはあらためて持って行く五百両がふいになるのではないかということ。賊はお律を返してくれるというが、もしや殺されているのではないか。八雲兼四郎は頼りになることをいってくれるが、気休めではないか。

考えるのは後ろ向きなことばかりである。一度自分の座敷に戻り、金箱を見た。その前に座っては立ち、部屋のなかをぐるぐると歩きまわる。

金は昨夜のうちに用意していた。五百両という大金である。金箱に金を入れるときに、もうお律のことはあきらめてしまおうかと考えた。

五百両は容易《たやす》く稼げる金ではない。それこそ、下げたくない頭を下げ、へつらいたくない相手にへつらい、腕の悪い職人を一人前に仕上げ、どこにも負けない材木問屋になった。

惣兵衛には死んだ親もできなかった、大きな材木商になったのだという自負がある。誇りがある。人知れず血のにじむような努力をし、汗水たらしてはたらいてきた。そのおかげでいまの自分がある、岸本屋がある。

さらに店を大きくするために新たな材木倉まで作った。その矢先にお律が拐《かどわ》かされ、五百両という大金を悪党に取られようとしている。

金は惜しい。かといってお律の命には代えられないという思いもある。その一方で金を惜しみ、お律はいなかった者だと考え、生まれたばかりの幸太を手塩にかけて育てればよいではないかという、考えてはならぬことも考える。

惣兵衛は縁側に立った。材木倉を作っている職人たちがはたらきはじめたらしく、杵《きね》や玄能の音が聞こえてきた。

（そうだ、見に行かなければ……）

惣兵衛ははたと目をみはると、奥座敷を出た。落ち着きなくせかせかと廊下を歩き、戸口を出て新たに建てている材木倉の前に立った。

立派な倉だ。材木をしまうだけでなく、そこで作業ができるようになっている。もうほとんどできあがっていた。

外側の壁も屋根にも瓦が載せられている。作業をしているのは数人の大工だけで、彼らは倉のなかの棚や風を通す窓枠の仕上げにかかっていた。

「旦那、今日中に仕事は終わります」

松太郎というギョロ目の大工が話しかけてきた。

「今日で出来上がるということかね」

「そういうことです。これは立派な倉ですぜ。江戸のどこの材木屋も持っていない自慢の倉になること請け合いです」

「あんたらの腕がよいからだ。何よりであった」

惣兵衛は表間口四間、奥行き十間の倉を眺める。新しい木の香りが気持ちよい。朝日を受けるその木は、真っ白い女の柔肌のように輝いている。

「旦那、このところお嬢さんを見かけませんがお元気なんですか？」

「あ、ああ、元気だ」

惣兵衛は松太郎を見て答えた。

「お律さんとおっしゃるんですよね。きれいな娘さんだなあと思っていたら、旦那の跡を継ぐ婿を取る人だと聞いて驚きました。だけど、気の利くいいお嬢さんです。ときどきあっしらに茶や菓子を持ってきてくれましたが、人あしらいも旦那譲りなのかお上手で、賢い人です」

「そりゃどうも」

話し好きな大工だ。早く仕事に戻れといってやりたい。

「それで、落成《らくせい》の祝いはいつやります。棟梁に聞いておけっていわれてんですが……」

こんなときにそんなことは考えたくなかったが、

「今日仕上げが終わるなら、明日か明後日がいいだろう。そのことは棟梁と話して決める。で、棟梁はどこに行った？」

と、惣兵衛はあたりを見た。

「左官を呼びに行ってんです。塗りの足りねえ壁があるんで、塗り直しさせなきゃならねえんですよ」

「そうか。ま、頼んだ」

惣兵衛はおしゃべりの大工から逃げるように母屋に引き返した。土戸口を入ったが、はておれはどこへ行こうとしているのだと立ち止まった。土間奥から女中が出てきて、

「旦那様、あまり食が進まないようでしたね。お昼は何かお望みのものがあれば作りますが……」

と、訊ねた。

「何でもいい。たまには食が細くなることもあるんだ」

そのまま惣兵衛は座敷に戻ろうとしたが、

「あ、お律お嬢さんはいつまで親戚の家にいらっしゃるんです。お戻りがいつなのかわかりますか?」

と、女中がいやなことを聞いてくる。

「二、三日のうちには戻るといっていた」

惣兵衛は逃げるように廊下にあがって自分の座敷に戻った。そこには金箱があるだけだった。お涼の部屋から幸太のぐずる声が聞こえてきた。

惣兵衛はさっと声のほうを見るなり、そのまま足を進めた。

開け放してある座敷で、お涼が幸太のおしめを取り替えていた。

「あら丁度よかった。そこの晒《さらし》を取ってください。一枚では足りないんです。はいはい、いま取り替えてあげますからね」

お涼は幸太の世話に忙しい。

惣兵衛はおしめに使う晒を取ってお涼にわたした。

「乳はよく飲むかい?」

「ええ、もう吸いついて離れないんですよ。それに日に日に大きくなっていくの

がわかります。赤ん坊って育つのが早いんですね」

お涼は嬉しそうに微笑む。

惣兵衛は「幸太、幸太」と呼んで、可愛らしい頬をやさしく指先で突いた。いままでぐずっていた幸太が嬉しそうに笑う。その笑顔を見た惣兵衛は心を和《なご》ませた。

「おまえはしっかり育つんだぜ。すくすくと元気に……頼むぜ」

「元気がいいから心配いりませんよ。きっと大きな子になります」

「是非ともそうなってくれなきゃ困る」

惣兵衛がそういうと、お涼が真顔を向けてきた。

「今日はお律を返してもらいに行くのですね」

「ああ」

「大丈夫でしょうね」

そういうお涼の言葉の裏に、行かなくてもいいのではないかという思いがあるような気がした。

「行かなきゃお律は戻ってこないんだ」

惣兵衛は立ちあがった。

五

兼四郎と官兵衛、そして定次の三人は竹屋の渡しの舟着場で猪牙舟を下りると、そのまま須崎村に入った。百姓地には薄靄《うすもや》が漂っていたが、いまは日が高く昇り、遠くまで視界が開けていた。

三人は官兵衛が一度探りを入れた村を省き、少し足を延ばして古川を越え寺島村《てらしまむら》まで来ていた。

「長命寺から少し遠すぎるな。それに、隠れ家にできそうな百姓家はあるが、どうもこちらではないような気がする。さっきの百姓もあやしい侍は見ていないといったではないか」

官兵衛が畦道で立ち止まって兼四郎と定次を振り返った。

「旦那、あっしもこっちじゃないような気がします」

定次も官兵衛と同じようなことをいう。

ふむとうなった兼四郎は、あたりを見まわした。たしかに隠れ家にできそうな家は少ない。兼四郎がここまで足を延ばしたのは、一昨日の取引の場にあらわれた男が金箱を担いで行った方角がこちらだったからである。

さらに、その途中で兼四郎は闇討ちをかけられ、危うく斬られそうになったこともある。

「賊はお律を攫っている。お律を連れ歩けば誰かの目につくはずだ。もっとも夜ならさほど目立ちはしないだろうが……」

官兵衛が付け加えるようにいって兼四郎を見る。

「賊どもが隠れ家にするなら百姓家ではないと……」

「話を聞いてりゃ、賊は侍のようではないか。とすれば、商家の寮あたりだと思うんだ。昨日も見廻ったが、そんな家がいくつかあった。もっともそこには人の気配はなかったが……」

「旦那、商家の寮ならもっと隅田川に近いほうです」

定次が言葉を添える。

「よし、それなら戻ろう」

向島は文人墨客も好む閑静で風光明媚《ふうこうめいび》なところ故か、大身旗本や大商家の別邸が少なくない。もっとも飢饉のせいで景気が悪くなっているために、向島通いをする風流人はめっきり減っていると聞く。

「手分けするか……」

古川に架かる土橋をわたったところで兼四郎は立ち止まった。

「そうしよう。三人じゃ目立っていかん」

官兵衛が同意したので手分けすることにし、一刻後に三囲稲荷前で落ち合うことにした。

兼四郎はそのまま古川沿いに北へ辿っていった。川縁には葦や茅の藪が繁茂《はんも》し、薄も伸びはじめていた。足許には赤い彼岸花が目立つ。

しかし、川沿いに空き家らしき百姓家も屋敷も見あたらない。川を越えて少し東に行ったところに蓮華寺《れんげじ》があり、境内に入って少し休んだ。総門のそばに水飲み場があったので、喉を潤しどこへ向かうか考える。

一昨日の取引にあらわれた男――百姓に扮した賊のひとり――は、長命寺から東へ向かった。そして、お律は白鬚神社にいるといった。だが、そこにお律はいなかった。

(なぜ、白鬚神社にいると嘘をいったのだ?)

思いつきだったのか、それとも白鬚神社に立ち寄ったことがあるのか?

(行ってみよう)

兼四郎は何か手掛かりを得られるかもしれないと思い再び百姓地を歩いた。

白鬚神社は別当西蔵院で、向島七福神のひとつ寿老人《じゅろうじん》だ。祭神の猿田彦命《さるたひこのみこと》は道案内の守り神ということから商売繁盛の信仰が生まれ、のちに山谷《さんや》の八百善《やおぜん》などは狛犬を寄進している。

しかし、白鬚神社へ行っても賊の足取りはつかめなかった。神主も巫女も不審な侍の出入りはなかったという。

「うちにはさいわい、乱暴狼藉《らんぼうろうぜき》をはたらきそうな人は来ませんが、近くの村にはときおり在のあぶれ者や無頼《ぶらい》の徒が出入りしているようです」

神主はそんなことを付け足した。

兼四郎は白鬚神社の北にある法泉寺《ほうせんじ》の近くまで足を延ばした。このあたりには大きな旗本屋敷がある。いずれも保養所に使われる下屋敷だ。

（まさか……）

と、屋敷塀とその向こうにある母屋を眺める。

この地は天領なので町奉行所の管轄外である。さらに町奉行所は旗本には手を出せない。

もし、この屋敷の雇われ侍ならどうであろうかと考えるが、攫った女を連れ込むにはいささか不都合が生じるはずだ。

（ここではないか……）

兼四郎は墨堤に戻って空を仰いだ。風が強くなってきたと思ったら、雲の流れも速くなっていた。

このあたりから三囲稲荷の近くまでの堤には、八代様《はちだい》（吉宗《よしむね》）が植樹した桜が列なり、その時季には名所となっている。しかし、いまはその桜も葉桜を散らしていた。

兼四郎は目深に被っている菅笠を押しあげ、ときどき周囲に目を凝らした。賊に見られても自分のことはわからないはずだ。闇討ちをかけてきた男にもはっきり顔は見られていない。

土手道を歩いていても、振分《ふりわけ》荷物などは持っていないが、旅の侍か在から流れてきた野武士ぐらいにしか見えないはずだ。

兼四郎は賊の手掛かりをつかめないまま足を進めた。と、寺島村から須崎村に入ったときに、一軒の家が目についた。百姓家ではない。商家の寮のようだ。

人がいるかどうかわからないが、訪ねることにした。

その屋敷には木戸門があり、戸口まで飛び石がつづいていた。雨戸が開け放されている。屋敷のまわりには竹垣がめぐらしてあった。

「頼もう」

家のなかに人の気配があったので声をかけた。

待つまでもなく、目の前の戸ががらりと開かれた。

六
がらりと戸を開くと、表の光がさあっと、家のなかを明るくした。

顔を見られないように頬っ被りしている定次は息を殺し、薄暗い屋内に目を凝らした。人の気配はない。そっと足を差し入れ、

「誰かいますか？」

と、遠慮がちの声をかけた。

なんの応答もない。家のなかは静まり返っているだけで、表で鳴く鳥の声が聞こえるぐらいだ。しかし、定次は上がり口の土間を見て首をかしげた。

履き物はないが、土間には人の出入りした痕跡《こんせき》がある。固い地面がこすれているのだ。一度表に戻った。庭があり一方に離れがあった。

庭や生垣は荒れ放題で、植樹されている木々の剪定はしばらく行われていないようだ。つまり、持ち主はしばらく来ていないということだろう。それなのに、

家に出入りしている気配があり、さらに離れの雨戸や戸口となっている腰高障子には、板が打ちつけられている。

（なんで板なんかを……）

定次はこの時季には野分《のわき》（台風）が多いので、風除けかと思った。

とにかく屋敷のなかを見てみることにした。もう一度戸口を入り、廊下にあがった。盗人《ぬすっと》に入ったような心境になる。二間ほど先の右が座敷になっていた。

定次はその座敷を見てすぐに目をみはり、息を呑んだ。

（金箱……）

定次は内心でつぶやきを漏らすなり、その金箱に近づいた。蓋が開けられたままになっていた箱には何も入っていなかったが、一昨日、岸本屋惣兵衛といっしょに運んできた金箱だったのだ。

ハッと顔をあげた定次は隣の座敷や台所を見廻って、ここに賊がいたことを確信した。

「ここが隠れ家だったんだ」

思わず声に漏らすと、そのまま屋敷を飛び出した。

三囲稲荷の山門近くに茶屋がある。

兼四郎が村をひとめぐりして待ち合わせのその茶屋に行くと、すでに官兵衛の姿があった。茶を飲みながら大福を頰張ったまま、兼四郎を見て手をあげた。

「早いではないか」

兼四郎は同じ床几に腰を下ろし、何かつかめなかったかと聞いた。

「どこもあて外れであった。それで兄貴は？」

兼四郎はかぶりを振り、

「手掛かりは何もない。気になる屋敷を見つけたので訪ねてみたが、掃除をしに来ている商家の手代と小僧がいただけだった。不審な侍や女連れの男を見たことはないかと聞いても、首をかしげるだけだ」

といって、小さく嘆息《たんそく》した。

「賊の隠れ家はこのあたりではないのかもしれぬな」

官兵衛は土手を歩いている百姓を眺める。

桜の季節になると、墨堤は花見客が引きも切らないほどだが、いまは閑散としている。向島の寺まわりをする親子連れや年寄りの他に、近在の百姓や行商人の姿もありはするが、その数は高が知れている。

「取引の前になんとしても賊を押さえたいが……」

兼四郎は忸怩《じくじ》たる思いを口にし、運ばれてきた茶に口をつけた。

「賊を見つけられずとも、お律が無事であることがわかり、岸本屋に連れ帰ることができればさいわいであろう」

「そうできたらよいが……」

兼四郎は言葉を返しながら、惣兵衛の顔を脳裏に浮かべた。普段は威勢のいい男なのだろうが、お律のことで自分を見失っている。心に焦りと不安があるからしかたないことだが、兼四郎はなんとしてでもこの〝仕事〟をやり遂げたい。

それなのに、賊の居所も追う手掛かりさえも見つからない。

強い風が吹き、茶屋の葦簀《よしず》が倒れた。店の女が慌てて葦簀を立て直したが、奥から「もううっちゃっておけ」という主の声が飛んできた。

店の女は葦簀を立て直す代わりに巻いて丸め、土間横に置いた。そのとき、茶屋の左側の道から定次が息を切らしながらやって来た。

「旦那、見つけました」

定次は両膝に手をつき、頬っ被りの手拭いを剝ぎ取って汗をぬぐいながら兼四郎と官兵衛を見た。

「見つけたってお律をか？」

官兵衛が問うが、定次は首を振って言葉をついだ。

「賊の使っていた隠れ家です。岸本屋の金箱があったんです」

「どこだ？」

兼四郎は目を光らせて定次を見た。

「案内します」

定次が見つけた屋敷は、満願寺東の古川に近い場所にあった。兼四郎はそのそばを通っているが、気づかなかったことに舌打ちをした。

「この金箱はあっしと、惣兵衛さんとで運んできた金箱に間違いありません」

定次は自信ある顔で兼四郎と官兵衛を見た。

「入れていた金は三十両だったな」

官兵衛が空っぽの金箱を見てつぶやく。

「見せ金でした」

定次が答えれば、

「おれが見せ金で十分だといったからだ。だが、それは過《あやま》ちだった。惣兵衛にも責められたが、おれの落ち度だ」

と、兼四郎はいって唇を嚙み、渋面を作った。

「兄貴、そんなことより、賊はどこへ消えたんだ」

官兵衛の言葉で顔をあげた兼四郎は、手掛かりを探すのだといって家のなかをあらためていった。しかし、賊の残したものは何もなかった。

「賊がいたらしいことはわかった。だが、お律のいたことを証《あか》すものは何もない」

ひとわたり家捜しをしたあとで、兼四郎はつぶやいた。

「離れがあります」

定次が目を光らせていった。

その離れは庭の隅にあるという。早速行ってみると、雨戸といわず戸口や小さな炊事場の窓にも板が打ちつけられていた。板はお律に逃げられないように打たれたのだ。

離れのなかに入るとそのことがはっきりした。女物の足袋《たび》が脱ぎ捨ててあり、長い髪の毛も落ちていた。なぜかわからないが、折れた笄《こうがい》もあった。

「ここに賊がいたのはたしかだろうが……」

離れの小さな奥屋を出た兼四郎は、荒れている庭を眺めながらつぶやいた。そのとき、九つ（正午）を知らせる鐘音が聞こえてきた。

「定次、おまえは岸本屋に戻るんだ」

「旦那たちは？」

「おれたちはこのあたりをもう少し捜すことにする」

「惣兵衛さんには何といえばいいんです」

「ありのままを話せ」

「わかりました」

定次は兼四郎にうなずき、官兵衛に目顔で挨拶をしてそのまま庭を出て行った。

「兄貴、どうする？」

「約束の刻限まではまだ間がある。それまでに賊を見つけたい」

兼四郎はそういうと、先を急ぐようにその屋敷を離れた。

七

そこは隅田川に近い隅田村の百姓家だった。梅若《うめわか》伝説で有名な木母寺《もくぼじ》がすぐ東にある。

塩見平九郎は庭に出ると、足を踏ん張って仁王立ちになった。風が強く、近くにある水神社《すいじんしゃ》の木々を大きく揺らしていた。

日は流れる雲に隠れたり出たりを繰り返し、その度に日が射したり曇ったりしていた。

「今日こそはうまくやらねばならぬな」

近藤左馬助が隣に来ていった。平九郎は六尺はある大男なので、左馬助を少し見下ろす恰好になる。

「うまくいったら江戸を離れ、どこへ行く?」

左馬助が問うてくる。

「どこがいいだろう。知らぬ土地に行くのは楽しみでもあり、また心許なさもある」

「おぬしらしくないことを……」

左馬助はくすっと笑った。

「おぬしには行くあてでもあるのか?」

「八十五郎が行徳《ぎょうとく》はどうだろうかという。江戸ほどではないが、田舎にしては栄えている宿駅《しゅくえき》があるそうだ。魚もうまいらしい」

「行徳か……なるほど、いいかもしれぬ」

「小名木川《おなぎがわ》をずっと東へ進めば、半日もかからぬそうだ。八十五郎は金箱を積んだらそのまま隅田川を下り小名木川に入るのがよいという。いかがだ」

平九郎は左馬助を見た。左馬助が大きな目で見返してくる。

「よいだろう。行き先にあてはなかったのだ。それにしても、こんなことになろうとは思いもいたさなかった。役目を外されなかったら、ずっと貧乏御家人のままだ。ところが無役になったことがかえってよかったかもしれぬ」

「おぬしは無役だが、もしおれが徒組に戻ればその場で改易《かいえき》を申し渡されるだろう。何しろずっと勤めに出ておらぬのだからな。それも何の断りも入れずにだ」

「わしの誘いに乗ったからといいたいのか……」

「そうではない。もう未練などないさ。金を手にしたら、それを元手に商売でもはじめようかと考えている」

「おぬしにはできるかもしれぬが、わしには商売はちと難しい気がする」

「平九郎は一本気で硬骨《こうこつ》だからな。だが、おぬしには剣の腕がある。道場でも開いたらいかがだ」

その言葉に平九郎は、くわっと目を見開いた。考えもしなかったことを左馬助にいわれたからである。

「そうか、道場か……うむ、いいかもしれぬ。左馬助、よいことをいってくれた」

平九郎は向後のことを見通せずにいたが、急に光明を見た気がした。剣術道場なら自分にもできそうである。

「米太郎はいい女を置いた料理屋をやるといっている」

「あやつが料理屋を……」

どうやら左馬助たちはそんな話をしたようだ。

「八十五郎は何といっているのだ?」

「あやつは小さな荷受問屋はどうだろうかといっている。行徳は下総《しもうさ》や常陸《ひたち》に通じるところなので、在の産物を預かることができれば、それなりの儲《もう》けが出るらしい」

「みんな商売人になるというわけか。されど、今日の取引をうまく終えなければならぬ。しかし、岸本屋はまた侍を連れてくるやもしれぬ」

「どんな助っ人が来ようが、おれたちはお律を人質に取っているのだ。下手な手出しはさせぬさ。万にひとつ奸策《かんさく》を弄《ろう》しておれば、たたき斬るだけだ」

「とにもかくにも岸本屋から金を受け取るまでは安心できぬ。油断は禁物だ」

「わかりきっていることよ」

左馬助はにたりと余裕の笑みを浮かべた。

お律は奥の板の間に座っていた。後ろ手に縛られているが、立ったり座ったりはできる。食事のときだけ縛《いまし》めは解いてもらえるが、あとはずっと縛られっぱなしだ。

それでも目の前の侍たちへの恐怖心は薄れていた。一度、大橋米太郎に襲われそうになったが、大男の塩見平九郎が助けてくれた。

それに、他の侍が自分に危害を加えることはないというのもわかった。平九郎は、約束どおりの金が届けられれば、必ず親許に帰してやるといってくれている。

いま目の前の座敷には大橋米太郎と戸部八十五郎がいて、茶を飲みながら蒸かした芋を頬張っていた。

侍たちはもう顔をさらけ出していた。金を手にしたら、そのまま江戸を離れるらしいので、お律に顔を覚えられてもかまわないのだろう。

お律は足を組み変えて座り直し、縁側の向こうを眺めた。柿の木があり色づいた実がなっていた。風が強く、柿の葉がちぎれ飛び、草花も風になびいている。

お律は疲れていた。昨夜、この百姓家に連れてこられてからろくに寝ていない。疲れているせいで、余計なことを考えられない。ただひたすら願うのは、父親が金を運んできて、自分を連れ帰ってくれることだ。

平九郎はお律の親が約束を守ってくれれば、一切の手出しをせずお律を帰してやるとはっきりといった。いまはその言葉を信じ、ただ時の過ぎるのを待つしかなかった。

表に出ていた平九郎と左馬助が戻ってきた。平九郎が一度自分を見て、座敷にあがりこんで座った。畳は古くて汚れていて埃が積もっており、そしてけば立っていた。

「お律、腹は減っておらぬか」

芋をつかんだ平九郎が声をかけてきた。お律は力なく首を振った。

「あと一刻ほどの辛抱だ」

お律はぼんやりした顔で平九郎を見た。

「そなたの親が金を持ってきたら解き放ってやる。わしらとの付き合いも今日で終わりだ」

　お律は小さくうなずく。

　平九郎の言葉を信じるしかない。そして父・惣兵衛が約束どおり、金を持ってくることを祈らずにはおれない。

（おとっつぁん、助けて……）

　お律は父の顔を脳裏に浮かべて心中でつぶやいた。


「それじゃそろそろ行きましょうか」

　定次に促された惣兵衛は腰を浮かしたが、すぐに座り直した。

「定次さん、もし律が殺されていたらどうします？」

　惣兵衛は不安の色を隠せず定次を見る。

「お律は大事な人質です。もし殺していれば、取引にならないでしょう」

「そりゃそうでしょうが、もし殺されていたら、わたしゃ金と娘を失うことになるんです。大損どころの騒ぎじゃないですよ」

「しかし、金を持って行かなきゃ娘は返ってこないんです」

「娘が生きているという証拠を見せてもらわなきゃ、わたしゃ金はわたしませんよ」

「それでいいでしょう」

「賊の隠れ家を見つけたとおっしゃいましたが、そこには律がいたんですね」

「何度もいいますが、隠れ家には離れがあって、そこにお律は閉じ込められていたんです」

「でも、律を見てはいない」

定次はため息をついた。

「惣兵衛さん、とにかく金を持って行かなきゃ、お律は取り戻せないんです」

「わかっています」

惣兵衛は深いため息をついて、首を振った。

「なんで、こんな災難がわしに降りかかってくるんだ。何も悪いことなんかしていないのに……」

「気持ちはわかりますが、ほんとにそろそろ行かなきゃどうしようもないでしょう」

「そうですね」

うなだれていた惣兵衛は、ゆっくり顔をあげて立ちあがった。

定次が金箱を背負い、裏口へ向かった。惣兵衛はそのあとに従う。奥の部屋から幸太の泣き声が聞こえてきた。惣兵衛はその声に後ろ髪を引かれながら、定次のあとを追って家を出た。

「定次さん、八雲様が律を救い出してくれていないですかね」

そうあってほしいと願わずにはいられない。

「あっしもそうあってほしいですよ。だけど、行ってみなきゃわからねえことです」

「まあ、そうでしょうが……」

堀端の道に出ると、知り合いに会わないことを願いながら歩きつづけた。

賊との約束の刻限まで半刻と少しだ。

惣兵衛は向島に着いたときに、八雲兼四郎がお律といっしょにいることを願いながら、重い心持ちで足を引きずるようにして歩く。

第五章 決着

一

塩見平九郎は戸部八十五郎を伴って木母寺の近く、隅田村の百姓家を出た。足を進めたのは、水神社の方角だった。森が強い風に騒ぎ立っている。

先ほどまで流れる雲の隙間から日の光が射していたが、いまは鉛色《なまりいろ》の雲が空一面を覆っていた。約束の刻限まで、およそ半刻（約一時間）だ。

「舟はどこに置いている?」

平九郎は背後に従う八十五郎を振り返った。

「水神社のすぐそばです」

八十五郎はそういうと、平九郎を追い越して先に歩いた。

田の畦道から森のなかに入る。小さな森だが、竹・櫟《いちい》・欅・胡桃《くるみ》・楓、そして高木の榛ノ木《はんのき》などが混在している。

森のなかは鬱蒼《うっそう》としていて暗いが、束の間、日があらわれ、二人の歩く杣道《そまみち》の先に筒状の光が樹幹《じゅかん》越しに射し、青い葉裏を透かし見せた。

「そこです」

森を抜けると、そこはもう隅田川の土手だった。八十五郎が足許の川岸に舫《もや》っている猪牙舟《ちょきぶね》を示した。足許には薄などの雑草の間に彼岸花が咲いていた。猪牙舟の舫い綱は大きな柳の幹に繫がれている。

平九郎は自分たちが来た森を振り返り、それから川下に目を向けた。曇り空の下を流れる川はさざ波を立てながらちらちらと光っていた。

「金箱を積んだらどうやって行徳へ行く？」

平九郎は八十五郎の顴骨《かんこつ》の張った黒い顔を見た。

「この川を下って小名木川に入るだけです。あとは東へまっしぐらです」

「小名木川には舟番所がある」

平九郎は馬鹿ではない。それぐらいのことは知っていた。

「もし、舟改めがあったら厄介ではないか。それにこの舟は盗んだものだ。届けが出ていれば、いかがする？」

八十五郎は短く考えた。柳の枝が風に吹かれて大きく揺れた。

「それじゃ竪川を使いましょう。中川《なかがわ》に出たら左岸近くを下れば、舟番所に見咎められることはないでしょう」

「大丈夫であるか？」

「ご懸念無用です」

八十五郎は自信たっぷりの顔で答えた。

「わしらが行徳に行くことを、お律に知られてはおらぬだろうな？」

「その話はお律の前ではしていません」

八十五郎はにやりと笑った。

「とにかく舟はおぬしにまかせるが、江戸を抜けるまでは気を抜くな」

「承知です」

「戻ろう」

そのまま二人は来た道を引き返した。

森を抜けたところで、大橋米太郎に出会った。

「どこへ行っていたんだ？」

「舟をたしかめに行っただけだ」

平九郎はそう答えて、おぬしのほうはどうだったと問うた。

「あやしいやつは見かけない。まあ、あやしげな浪人者は何人かいたが、在からの流れ者だった。おぬしが心配する岸本屋の用心棒らしいやつは見なかった」

平九郎は米太郎を短くにらむように見た。せっかちな男なので、細かいことに無頓着《むとんちゃく》だ。手を抜いていないだろうかと気になったが、あえて口にはせず、

「では、戻ろう。約束の刻限までもういくらもないだろう」

と、米太郎を促した。

「お律はどうするのだ？」

隣を歩きながら米太郎が聞いてくる。

「岸本屋が約束を破らなければ、お律はそのまま返す」

「この前のように用心棒の侍を連れていたらいかがする？」

「お律は人質だ。無用な手出しはさせぬ」

そう答えはしたが、平九郎がもっとも危惧していることだった。

「ここは天領だ。かといって目付がにらみを利かせているわけでもない。いわずもがな御番所の手の及ばぬ場所だ。用心棒を連れていようが遠慮はいらぬだろ

う」

米太郎は切れ長の目を細め、にやりと頬をゆるめた。血に飢えたような不気味な笑みだった。

「おぬしは……」

平九郎は米太郎を見て口をつぐんだ。

「なんだ」

「何でもない。邪魔をするやつがあらわれたら斬って捨てるだけだ」

平九郎はその気になっていた。

何が何でも金を手に入れなければこの先はないのだ。そのためには多少の血を見てもいたしかたない。

平九郎は風にあおられながら下降している鳶を眺めた。

隠れ家にしている百姓家に戻ると、お律を見張っていた近藤左馬助が、

「誰かいたか?」

と、米太郎に聞いた。

「いない。心配には及ばぬ。仮にいたとしても気にすることはなかろう。相手は材木の商人、たとえ用心棒を雇ったとしても、せいぜい二、三人だろう」

「おいおい、三人もいたら往生するぞ」

「左馬助、気弱なことを申すな。おぬしは東軍流の免許持ちだ。もし岸本屋が人を雇ったとしても、その辺にいる食えぬ浪人がせいぜいだ。おれたちの相手ではない」

米太郎は座敷にあがってどっかりと胡座《あぐら》をかいた。

平九郎は隣の部屋の柱に縛られているお律を眺めた。観念しているのか、口を引き結んだまままっすぐ見返してくる。

「お律、もうすぐだ。そなたの親が金を持って来さえすれば、家に帰ることができる」

「…………」

「疑っておるのか？」

お律はそんな目をしていた。

「金の受け渡し場所にはおまえも連れて行く」

お律の目が大きく見開かれ、

「ほんとうですね」

と、かすれた声で問うた。

「嘘はいわぬ」

二

「定次さん、ほんとうに大丈夫だろうね。いざとなったら、八雲様たちが守ってくれるんですね」

舟から向島の舟着場にあがった惣兵衛は、気が気でない顔を定次に向ける。普段になく小心になっている自分に苛立ちもするが、不安を払拭《ふっしょく》することができない。

「旦那たちを信じてください」

定次はよっこらしょと、金箱を背負い、頬っ被りをしている手拭いを結び直した。

「律が生きていなかったら、その金は渡せませんからね。汗水流して稼いだ金なんだ」

正直な気持ちだった。お律の命も大切だが、金も大切なのだ。

「惣兵衛さん、肚を括ってください。お律の命がかかってんです」

「それはわかる。わかっているよ。だけどね……」

歩き出した定次が振り返った。

「だけど、なんです？」

「いや、その……」

惣兵衛は自分でも何をいいたいのかわからなくなっていた。だが、心の底には、おれには幸太という新しい跡取りができたという思いがある。だから、お律のために五百両を使うことに躊躇《ためら》いがあった。しかし、そのことは口にはできない。

惣兵衛は前を歩く定次を眺める。背中の金箱にも目を注ぐ。

「定次さん、律が殺されていて金も渡すことになったら、わたしゃただの阿呆《あほう》です。そう思わないかね」

「惣兵衛さん、金と娘の命のどっちが大切なんです」

核心をつかれたことをいわれ、惣兵衛は黙り込む。

「そりゃあ金は惜しいでしょうが、手塩にかけて大事に育てた娘ではありませんか。そうでしょう」

そんなこたァいわれなくてもわかってらァ、と惣兵衛は腹のなかで毒づく。

「惣兵衛さん、お律も助ける、金も取り戻すと、旦那はいっているんです。旦那を信じてください」

定次が歩きながら振り返る。

「そりゃ信じたいよ。信じていますよ。だけど、これからのことは誰にもわかりゃしないだろう」

惣兵衛がそういうと、定次が立ち止まる。人なつこい丸い顔をしているが、いまはその目に鋭い光があった。強い目でにらむように見てくる。

「な、なんだね」

「情けないことをいってほしくないんです。惣兵衛さん、あんたは岸本屋という大きな材木問屋の主じゃないですか。何十人といる職人たちの頭でしょ。これから悪党たちと駆け引きしなきゃならんのです。肚を括ってことに臨むときですよ」

「ああ、わかっているよ」

「ならば、堂々と歩いて行きましょう。臆してる場合じゃないでしょう」

「うむ」

くそ生意気なことをいいやがって、と惣兵衛は内心で毒づくが、たしかに定次のいうとおりだ。この期に及んで女々《めめ》しい態度を取れば、賊に嘗められる。

（そうだ、おれは岸本屋の頭領《とうりょう》なのだ）

おのれにいい聞かせて胸を張るが、やっぱり心許なさはある。

頭上にはどんよりとした鉛色の空が広がっている。おれの心と同じだと、惣兵衛はため息をつき、これじゃいかんと、また胸を張る。

土手道や畑の土が強い風に巻きあげられている。道の脇には百本近い桜があるが、どの木も枯れかけた葉をつけただけで、風に耐えきれずにちぎれ飛んでいる。

もう七つ（午後四時）に近い。賊たちが指定した場所は長命寺の先にある地蔵堂だ。いま、惣兵衛と定次は最勝寺の脇を歩いているから、地蔵堂までいくらもない。

最勝寺を過ぎ長命寺のそばにやって来たとき、七つを告げる時の鐘が空をわたっていった。

「定次さん、八雲様たちはどこにいるんだ？」

惣兵衛はあたりを見まわして聞く。「近くにいるはずです」と定次は答えるが、八雲兼四郎は、ほんとうに自分たちを助けるためにはたらいてくれるのだろうか、頼れるのだろうかという疑心暗鬼が生じる。

升屋の紹介だから信用しているが、この前はまんまと金箱を取られたのだ。今日も同じことになったら、それこそ踏んだり蹴ったりである。

「この先ですね」

長命寺を過ぎたとき、定次が顔を向けてきた。

「おお」

惣兵衛は岸本屋の主らしく応じたが、心の臓は蚤《のみ》のようになっていた。忙しくあたりを見渡すが、人の姿はない。

曇っているのでもう夕暮れのような暗さだ。おまけに強い風が吹き荒れている。

「いねえな」

前を歩いていた定次が立ち止まって、あたりを見まわした。

惣兵衛も釣られたように視線を周囲に向けた。賊の姿は見えない。頼みの八雲兼四郎の姿もない。

「とにかく行きましょう。地蔵堂はその先です」

定次が足を進めた。惣兵衛もあとにつづく。

地蔵堂は小さな祠になっていた。その祠の脇にも数体の地蔵があり、柿や腐りかけの無花果《いちじく》が供えてあった。地蔵の首に巻かれた赤い布が風に吹かれて揺れている。

定次が金箱を地面に置いたときだった。

右側の木立から男が姿を見せた。惣兵衛はその男を見て、ハッと目をみはった。

徒頭・坂部源兵衛《さかべげんべえ》の屋敷で何度か見た侍だった。徒頭の坂部は役高《やくだか》千石の旗本

だが、あの男はただの御徒で、坂部の屋敷で草むしりや掃除をしていた。徒頭の

坂部と何度か岸本屋に来たこともある。

六尺もあろうかという大男で、いかつい顔をしているので惣兵衛は覚えてい

た。

「定次さん、あの男は御徒ですよ」

「知ってるんですか？」

「ええ、徒頭の坂部様とわたしの店に何度か来たことがある。たしか塩見平九郎

といったはずだ。そうか、あの男が……」

惣兵衛は奥歯を嚙んで拳をにぎり締めた。

「岸本屋、この前はずいぶんなご挨拶だったな」

塩見平九郎は道の脇を流れる用水となっている小川を越え、道に出てきて立ち止まった。

三

「岸本屋、今日は小細工をしておらぬだろうな」

平九郎は惣兵衛と、頬っ被りをしている使用人らしき男をにらみながら問うた。

「ちゃんと持ってきました。律はどこです？」

「金が先だ」

平九郎が答えると、使用人が惣兵衛に何か話しかけた。風がゴウゴウと音を立てながら吹き流れているので、何をいったか聞き取れない。

「まずは律の無事をたしかめてからです。どこにいます」

平九郎はゆっくり首を振った。

桜並木の土手下から近藤左馬助がお律を連れてあらわれた。

「律……」

惣兵衛が目を見開いてつぶやけば、

「おとっつぁん！」

と、お律が泣きそうな叫び声をあげた。

「見てのとおりお律は無事だ。金をたしかめる。下手な小細工をしておれば、お律の命はない」

平九郎がそういうと、後ろ手に縛られているお律の喉に、左馬助が刀をあてがった。

「下がれッ」

平九郎が強く命じると、惣兵衛と使用人が金箱から一間ほど離れた。平九郎は眉根《まゆね》を狭め、目を厳しくして、

「岸本屋、そやつはおぬしの店の使用人であろうが、先に帰ってもらおう。おい、去《い》ぬるのだ」

と、命じた。使用人は躊躇って惣兵衛を見た。

「何をしておる！　去ねといっておるんだ！」

怒鳴ると、使用人はそのまま後ずさり、惣兵衛に短く声をかけ、そのまま土手道を引き返した。

「岸本屋、この前は侍が隠れていた。今日も連れてきているのではあるまいな」

「そんなことは……」

ありませんというように、惣兵衛は首を振った。

平九郎は一度周囲に警戒の目を向けてから金箱に近づいた。惣兵衛が息を吞んで見ている。

「金と律は引き換えでお願いします。その約束だったはずです」

平九郎が金箱に手をかけようとしたときに、惣兵衛が口を開いた。

「金をたしかめるのが先だ」

平九郎は金箱にくくりつけられている紐を解き、蓋を開けた。きらびやかな小判が箱を埋め尽くしている。

だが、この前のように表面に広げてあるだけかもしれないから、手を差し入れた。手応えがあった。深く差し入れて金をすくうと、その下にも小判がある。

思わず笑みがこぼれそうになった。心がわくわくと躍《おど》ってきた。だが、浮わつきそうになる気持ちを抑え、惣兵衛を見た。

「岸本屋、ご苦労であった。たしかに金はある」

「律を……」

惣兵衛が一歩前に進み出た。

「待て。お律は返してやる。懸念あるな」

平九郎はそういうと、背後にある地蔵堂の裏にいる八十五郎に声をかけた。

「金はたしかにあるようだ。運んでくれ」

八十五郎があらわれ、手早く金箱の紐を結び直して背負った。

「重いですね。この前のと違う重さです」

「早く行け」

「はい」

金箱を背負った八十五郎はそのまま地蔵堂の裏へ消えた。須崎村と寺島村の境に小さな入り江になっている場所がある。入り江の北は某旗本の抱屋敷だが、人がいないのはわかっていた。猪牙舟はその抱え屋敷の反対側に舫ってあった。

「金は渡したんです。律を返してください」

「まあ、待て……」

平九郎は注意の目を周囲に向けた。

ここで助っ人があらわれたら面倒になる。お律を返すのは仲間が舟に乗る頃合いを見計らってからだ。

「金はちゃんとあります。勘定するまでもないことです。律を放してください」

平九郎はそれには答えず、お律を捕まえている左馬助に顎をしゃくった。

無言で命じられた左馬助はそのままお律を連れて下がった。

「あッ」

惣兵衛が慌てた声を漏らした。同時にお律も叫んだ。

「おとっつぁん、助けて、助けて！」

お律は左馬助に引きずられるようにして土手道から川のほうへ姿を消した。

「約束が違うじゃないですか！　律を返してください！」

「騒ぐでない。約束は守るといっておるだろう」

平九郎は言葉を返しながらゆっくり下がった。

「律と金は引き換えのはずだったじゃねえですか！　ちくしょう、騙したな」

惣兵衛はおろおろしながら怒鳴り返してくる。

平九郎はさらに後ろに下がると、地蔵堂の祠の陰にまわり込み、そのまま駆けだした。

「あ、どこへ行くんだ！」

惣兵衛が喚《わめ》いたが、平九郎は何食わぬ顔でお律を連れて舟に向かう左馬助を追い、しばらく行ったところで、

「左馬助、もういい。お律はそこへ置いて行け」

と、声をかけた。

左馬助はつかんでいたお律の手を放すなり、強く肩をついて倒した。お律は悲鳴を漏らして地面に転げたが、平九郎は気にもせず八十五郎の待つ舟に急いだ。

川縁の畦道に出たが、そこは湿地帯で足が泥濘《ぬかる》みにはまるので急ぎ足になれない。だが、もう心には余裕があった。

金は手に入った。うまくいった。あとは急いで江戸を離れるだけだ。

「おりゃあ！」

突然、前方から胴間声《どうまごえ》が聞こえてきた。

「なんだ」

平九郎が立ち止まると、先を歩いていた左馬助も足を止めて振り返った。

「何者だ！　邪魔立て無用！」

その声は米太郎のものだった。

平九郎はハッと顔をこわばらせて駆けだした。

四

川沿いに地蔵堂の裏にまわり込んでいた官兵衛は、不審な猪牙舟を見つけ、墨堤に向かったのだが、そこで小袖に襷をかけ、尻端折《しりはしょ》りしている色黒で顴骨の張った男を見た。

その男は官兵衛の気配に気づくなり、腰の刀を抜いて斬りかかってきた。

官兵衛は抜き様の一刀で相手の刀を撥ねあげ、横薙ぎに斬りつけたが、敏捷《びんしょう》に逃げられた。と、同時に先の藪の陰からあらわれたひとりの侍が、官兵衛の前に立ち塞がり、

「何者だ！　邪魔立て無用！」

と、眦《まなじり》を吊りあげて斬りかかってきた。

官兵衛は足場の悪さを嫌って下がり、刀を青眼にかまえ直した。

「八十五郎、下がっておれ。こやつはおれが片づける」

正面の男は色黒の男に声をかけて間合いを詰めてきた。

「米太郎さん、油断しないでください」

八十五郎という色黒が注意を喚起《かんき》したが、目の前の米太郎という男は無言のま

ま、官兵衛との間合いを詰めてくる。

撫で肩の痩身《そうしん》だが隙がなく、切れ長の目は官兵衛からそらされない。腕に自信があるようだ。

「岸本屋の娘、お律を拐《かどわ》かしているのはきさまらか？」

官兵衛は隙を見出すために声をかける。

米太郎は無言のまま詰めてくる。

近くの藪が風に吹かれて騒ぎ、ちぎれ飛んだ木々の葉が両者の間で乱舞した。

官兵衛は狭い畦に体を移した。畑と呼べぬ畑地は湿気を帯びていて足場が悪かったが、畦道はそうでもない。しかし、狭い。一尺ほどだ。

米太郎の立っている地面は足場が悪いが、気づいていないようだ。

「どうなのだ？　きさまらだろう」

官兵衛が再度声をかけたと同時に米太郎が一気に間合いを詰め、鋭い突きを送り込んできた。官兵衛は下がってかわしたが、米太郎は二度三度と連続の突きを繰り出す。

連続技の突きは油断がならぬ。官兵衛は下がってかわすしかないが、そのとき畦道から片足が外れ、体の均衡《きんこう》をなくした。

思わず悲鳴じみた声を漏らしたとき、米太郎が大上段から唐竹割りに撃ち込んできた。

(いかん)

体勢を崩していた官兵衛はそのまま右へ跳んでかわしたが、片足が泥濘みにはまった。その足を抜こうとしたときに、米太郎が袈裟懸けに斬りつけてきた。

ガチッ——。

かろうじて鍔元《つばもと》で受け止め、米太郎を力まかせに押しやった。

米太郎は背後の藪のなかに倒れ込み、慌てて立ちあがり刀を構え直したが、その刹那《せつな》、官兵衛の刀が風を切りながら水平に振られた。

官兵衛は胸を断ち斬ったと思った。だが、そうはならなかった。米太郎はさっと腰を低めるなり、官兵衛の腹を狙って突きを繰り出してきた。

官兵衛は半身をひねってかわしたが、すぐさま米太郎が間合いを詰めて正面から袈裟懸けに斬り込んできた。

官兵衛は左足を引くと同時に、米太郎の刀を払い落とし、そのまま首を刎《は》ねるように刀を振った。だが、空を切っただけだった。

官兵衛は素早く刀を引きつけ、米太郎の動きを警戒する。息があがっていた。顔中に汗が噴き出し、脇の下や背中にも汗が流れている。

呼吸の乱れを悟られたくないが、それは無理だった。肩を激しく上下に動かし、大きく息を吸って吐く。汗が目にしみる。

対する米太郎も息があがっているのがわかった。それでも間合いを詰めてくる。太っている官兵衛より、痩身の米太郎のほうが疲労度は少ないようだ。

「きさま、何者だ？　岸本屋に雇われた用心棒か？」

初めて米太郎が口を開いた。

「そうではない。おれは浪人奉行の助っ人だ」

米太郎の切れ長の目が一瞬見開かれた。

「なんだと……」

「きさまらのような悪党を成敗するためにやってきたのさ。仲間は何人いる？」

官兵衛はいいながら、はあはあと荒い息をした。

「きさまには無用のこと」

米太郎はそういうなり地を蹴って斬り込んできた。鋭い斬撃だった。

キーン。

耳朶《じだ》にひびく音がした。官兵衛が米太郎の刀を擦りあげたのだ。

両者はパッと飛びしさってかまえ直した。

「米太郎」

新たな声と同時に、木立の陰から走ってくる男がいた。六尺はあろうかという大きな男だった。

「平九郎、助太刀無用」

米太郎は嫌がったが、大男は官兵衛の前に立った。平九郎という名のようだ。すでに抜き身の刀を手にしており、そのまま官兵衛に斬り込んだ。

短い斬り合いであったが、官兵衛は疲れていた。このままでは分が悪いと思い、逃げるように大きく下がった。だが、平九郎は詰めてくる。

米太郎も官兵衛を挟み撃ちにするように動く。

(まずい、これはまずい)

官兵衛は内心で焦ったが、逃げようがない。それでも二人の攻撃に注意しながらじりじりと下がった。

「たあッ!」

平九郎が裂帛《れっぱく》の気合いを発して斬り込んできた。

官兵衛は跳ぶように後ろに下がってかわした。そのとき、右にいた米太郎が斬り込んできた。

「あッ」

官兵衛は避けることができなかった。左腕に強い衝撃。血飛沫《ちしぶき》が散り、腕に力が入らなくなった。そのままたたらを踏むように下がったが、そこは急傾斜の土手で、足が空を踏んだと同時に体が宙に舞った。

五

地蔵堂の東側の林のなかに身をひそめていた兼四郎は、大男の賊の姿が見えなくなると、即座にお律のもとに駆け寄り縛《いまし》めを解いて、おろおろしていた惣兵衛のもとに連れて行った。定次もそばにやって来て、お律に怪我がないか気遣った。

「わたしは大丈夫です。おとっつぁん……」

お律は涙目で惣兵衛を見、その腰にしがみついてしばらく泣きつづけた。

「おしおし、もう大丈夫だ。怖かっただろうな。もう安心してよいからな」

惣兵衛はお律を抱きしめて宥《なだ》め、

「それで金箱はどうするんです？　持って行かれましたよ」

と、兼四郎にすがるような目を向ける。

「金箱は取り返す。賊はまだ遠くには行っておらぬ。それより、お律」

兼四郎が声をかけると、お律が泣き濡れた顔をあげた。

「賊は何人だ？」

「四人です」

「他にはいないのだな」

お律はコクンとうなずきながら指先で涙を払い、

「みんな侍です」

そういってから、四人の特徴と名前を教えた。

「最初はみんな頭巾を被って顔を隠していましたが、隠れ家を移ってからは正体を曝《さら》したんです。金を持って江戸から離れる話をしていたので、顔を覚えられてもかまわないと思ったんだと思います」

「ひどいことをされたのではないか？」

惣兵衛が心配して問うと、お律は首を横に振った。

「はあ、それならよかった。殺されなくても傷物にされているんじゃないかと心配していたんだ。腹は減っていないか」

「そんなことより早く帰りたい」

「惣兵衛、このままお律を連れて家に帰るのだ。おれたちは賊を追って金を取り返す」

兼四郎が口を挟んだ。

「お願いします。何としてでも金を取り返してもらわないと困ります」

「わかっている。さ、行くのだ」

「八雲様、ほんとうにお願いしますよ」

「わかっている」

兼四郎はさあ早く家に帰れと促した。

惣兵衛は手を貸してお律を立たせると、肩を抱くようにして墨堤を南のほうに歩いて行った。

「旦那、どうします？」

定次が顔を向けてきた。

「賊を捜すさ。逃がしはしない」

兼四郎はいうなり歩きはじめた。お律から話を聞いて、取引にあらわれた大男が塩見平九郎で、お律を連れてきたのが近藤左馬助だとわかっていた。他に大橋米太郎と戸部八十五郎という男がいることも。

それに、八十五郎を除いた三人が元幕臣だということもわかっていた。

「塩見と近藤はこっちへ逃げていった。金箱も同じ方角に持ち去られている」

兼四郎は土手道からそれて地蔵堂の裏から北の方角に目を向けた。人の姿は見えないが、四人の賊はそう遠くへは行っていないはずだ。

兼四郎は周囲に目を光らせて足を急がせた。

官兵衛は藪のなかでしばらく身動きもせず、土手上にいる賊の話し声に耳を澄ましながら腕の傷の痛みに耐えていた。

賊は官兵衛を斬ったと思っている。たしかに斬った。手応えがあったのだという声が、風の音にまじって聞こえた。

やつらはおれが死んだと思っているようだ。官兵衛はそのことで少し安堵した。やがて賊の気配が消えると、手拭いを出血している腕に強く巻きつけた。手をむすんで開くのを何度か繰り返した。力を入れると痛みが走るので顔をしかめたが、我慢できないほどではない。

藪をかき分け、土手下から川岸に出ると、そのまま上流に向かった。西の空があかるくなっていた。

それに西の空に浮かぶ雲は薄くなっており、まるい日の形が見える。

官兵衛はときどき周囲に警戒の目を向けた。土手下に倒れているときに、話し声から賊が四人だというのがわかっていた。もっとも他にもいるかもしれないので、注意をしなければならない。

大男の平九郎と米太郎という撫で肩の男と斬り合ったが、並の腕ではなかった。官兵衛の胸のうちには仕返しをしてやりたいという憤怒《ふんぬ》があるが、左腕を怪我しているいまは、まともに戦うことができない。

意趣《いしゅ》を返すならば、不意打ちをかけるしかない。しかし、その前に相手に気取られないことだ。薄や葦藪《あしやぶ》を利用しながら足を進めていった。

と、小さな入り江のある場所に出た。入り江の向こう側には武家屋敷がある。誰かの抱屋敷のようだ。

それより、すぐそばに舫われている一艘《そう》の猪牙舟が気になった。

百姓が使うような舟ではない。釣り舟でもない。

官兵衛はキラッと目を光らせた。賊はこれを使って逃げるつもりなのかもしれない。そうさせてなるものか。勘があたっていようが外れていようがかまわずに、刀を抜いて舫い綱を切り、舟を蹴った。

猪牙舟は岸を離れ、ゆっくり隅田川の本流に向かっていった。

「水が飲みてえな」

官兵衛はゆっくり離れていく舟を見送ってからつぶやいた。


「金はあった。もうよい」

平九郎は金箱に入っている金を、仲間にたしかめさせてから立ちあがった。

そこは岸本屋と取引をした地蔵堂から二町ほど離れた木立のなかだった。

「あとは舟で行徳へ行くだけですね」

八十五郎が立ちあがって頬をゆるめた。

「それにしても岸本屋め、またもや用心棒を連れて来ていたとは堪忍《かんにん》ならぬ」

近藤左馬助も立ちあがって大きな目を光らせた。

「もう気にすることはなかろう。用心棒は斬ったのだ。それに金はここにある。もう岸本屋にかまうことはない」

平九郎は明るくなってきた西の空を見た。

「もうすぐ日が暮れる。暗くならぬうちに江戸を離れよう。八十五郎、舟の支度をしておけ」

平九郎に指図された八十五郎が、猪牙舟を置いている入り江のほうへ小走りに駆けていった。

「左馬助、手伝ってくれ」

平九郎は金箱の一方を持っていった。

左馬助がすぐにしゃがんで手を貸してくれる。二人だとすんなり金箱をあげることができた。そのまま猪牙舟へ向かって歩く。

「行徳までいかほどかかるのだ？」

そばを歩く米太郎が疑問を口にする。

「さあ、いかほどであろうか。左馬助、足許に気をつけろ」

平九郎は用心しながら金箱を運ぶ。

「八十五郎は小網町《こあみちょう》からだと三里八町ほどだといっていた」

左馬助が答えた。

「すると、ここから舟だと余裕をみても一刻半ぐらい。どんなに遅くなっても五つ（午後八時）には着ける勘定だ」

そういう米太郎は、すでに行徳の夜に思いを馳《は》せているようだ。

「今夜は久しぶりにうまい酒と料理だな」

左馬助も嬉々とした顔でいう。

「その前に、宿に入ったら金をわける。それが先だ」

平九郎はあくまでも現実的なことを口にする。

「むろん、そうである。それにしても平九郎の企《くわだ》てた妙計であったが、話に乗ってよかった。平九郎、礼を申す」

米太郎はめずらしく頭を下げた。

「じつはおれもうまくいくかどうか、気にしておったのだ。されど、こうなった。断りもなく勤めを放り出してきた甲斐があった」

左馬助はそういったあとで、米太郎に金箱を持つのを代わってくれといった。

そのとき、先に猪牙舟へ行っていた八十五郎が駆け戻ってきた。

「大変です。とんでもないことが起きました」

「なんだ、いかがした？」

平九郎は血相を変えている八十五郎に問うた。

「舟が、舟が流されているんです」

「なんだと」

「舫いが断ち切られているんで、誰かの仕業です」

平九郎は顔をこわばらせた仲間を無言のまま眺めた。

六

兼四郎と定次は墨堤と隅田川の川岸の間を縫《ぬ》う畦道を歩いていた。墨堤から川岸までは緩やかな勾配《こうばい》があり、葦藪や田畑がある。田や畑の作物はなきに等しい。雑草が生えているだけだ。村の百姓たちは、この土地を見放しているようだ。

大きな榛ノ木の下まで来たとき兼四郎は足を止めて、周囲に警戒の目を配った。人の姿は見えない。

賊は金箱を持ってこちらへ来たはずだ。一方に柳と育ちの悪い柿の木がある。柿の木は色づいた実をつけているが、数えるほどしかなかった。

風は相変わらず強く吹きつづけており、葦藪や柳の枝葉を撓《たわ》ませている。しかし、西の空は明るくなっていた。

雲が流され青空がのぞいているのだ。低くなった日の光が放射状に地上に射していた。

だが、もうすぐ日は落ちる。

兼四郎はその前に賊を捜し、金箱を取り返さなければならない。

「旦那、官兵衛さんはどこにいるんです?」

定次が顔を向けてきた。

「おれも気になっていたのだ。やつも塩見平九郎らをどこかで見張っていたはずだ」

「姿が見えないというのは先に賊を追っているのかもしれませんね」

「うむ」

兼四郎はとにかくもう少し先へ行こうと定次を促した。

しかし、賊の姿はすっかり消えていた。

「旦那、もっと見通しのよいところを歩いたほうがよいのではありませんか。人質になっていたお律はもういないんです」

「おれもそうしようと思っていたところだ」

兼四郎は定次の言葉に同意して土手道へ向かった。そのとき、背後の藪がかき分けられる気配があった。

兼四郎が振り返ると、藪をかき分けながら誰かが近づいてくる。

「定次、用心しろ」

兼四郎は腰を低めて刀に手をやった。息を詰めて様子を窺《うかが》っていると、ガサガサと音をさせてひとりの男が姿をあらわした。

兼四郎は目をみはって、

「なんだ、官兵衛か……」

と、刀から手を放した。

「やつらはどこだ？」

官兵衛は額の汗をぬぐって、兼四郎と定次を見てきた。

「わからぬ。途中から姿を見失ったのだ。だが、そう遠くには行っていないはずだ。お律は無事に取り返すことができた」

「それはわかっている。おれも見ていたのだ。そのあとで、おれはやつらと斬り合った」

「なに、まことに……」

「やつらが使うつもりだったであろう猪牙舟を見つけたのだ」

「猪牙舟……」

「ああ、そうだ。舟を使って逃げるつもりだったのだろうが、舫い綱を切って川に流してやった」

「官兵衛さん、腕を……」

定次が官兵衛の左腕に気づいていった。

「斬られたのだ。だが、気にすることはない。傷は浅い」

官兵衛はそういってから兼四郎に顔を向けた。

「どうするのだ？」

「賊を見失った。捜すまでだ。お律から聞いたが、賊は四人。八十五郎という男を除いて他の三人は幕臣だったらしい」

「まことか？」

「そうらしい。食い詰め御家人か、幕府に見切りをつけたかどちらかだろう。いずれにせよ浪人と同じだ。土手道に戻ろう」

兼四郎は墨堤に足を進めた。

「賊の頭は平九郎という大男だ。他に米太郎という男がいる。あやつらの剣術の腕はなまなかではない」

兼四郎のあとを歩く官兵衛がいう。

「誰に斬られたのだ？」

「米太郎って野郎だ。くそッ」

官兵衛は悔しそうに吐き捨てた。

「賊どもの名前はわかっている。塩見平九郎、近藤左馬助、大橋米太郎、そして戸部八十五郎だ。お律はやつらの話を聞いている。やつらは顔を見られないようにしていたらしいが、隠れ家を移してからは開き直ったようだ。おそらく金を手にしたら江戸を離れる腹づもりだったから、顔を見られてもかまわないと思ったのだろう」

「兄貴、その隠れ家のことを聞いたか？」

あ、と兼四郎は自分の落ち度に気づいた。

「やつらは舟で逃げられなくなった。ひょっとすると、その隠れ家に戻ったのではないか」

「これはしたり……」

兼四郎は舌打ちをした。お律からそのことを聞いておくべきだったが、いまや遅い。

「とにかく捜すしかない」

土手を上り墨堤の通りに出た。

西の空から日が射しているが、その光も弱まりつつある。

「どこにも姿が見えぬな」

官兵衛があたりを眺めてぼやいた。

「やつらは金箱を持っていますから、そう遠くには行っていないはずです。いまごろ金を分け合っているかもしれません」

定次が周囲を見まわしながらいう。

「そうかもしれぬ。大事な舟を流されたのは痛手のはずだ。重い金箱を持ち歩くより山分けしたほうが身動きが取れる。すると、どこだ……」

「百姓家を手当たり次第あたっていこう」

官兵衛が提案した。

「そうだな」

兼四郎は応じ返すなり、すぐ先にある百姓家に足を向けた。

七

平九郎たちはお律を最初に監禁していた隠れ家に戻っていた。

「ここでわけよう」

　ドスンと座敷に金箱を置いた平九郎は仲間を眺めた。みんな目の色を変え、嬉々とした表情だ。

「行徳には行けぬな」

　米太郎がいう。

「舟は流されちまいましたが、どこかで拝借すればすむことです」

　八十五郎は心強いことをいう。

「できるか？」

　平九郎が聞けば、やるしかないでしょうと八十五郎は応じた。

「では、金をわけるが、まずは最初にもらった三十両からだ。ひとり七両」

「待ってくれ。それじゃ勘定が合わぬ。残りの二両はどうする？」

　意見したのは米太郎だった。

「平九郎にやればいいだろう。此度のことを考えたのは平九郎だ。おれはそれでかまわぬ」

　左馬助が無精ひげを撫でながらいう。

「あっしもそれでいいと思います」

八十五郎も同意したので、米太郎もそうだなと折れた。

「では、まずはわしが二両いただく」

平九郎がそういって二両をつまんだとき、雨戸が大きな音を立てた。全員がびくっと肩を動かしてそちらを見た。

「なんだ」

平九郎は仲間と顔を見合わせた。

「八十五郎、見てこい」

左馬助に指図された八十五郎が腰をあげて表に出ていった。

「金をわけるのはやつが戻ってからにしよう。ここまで来たのだ。急ぐことはなかろう」

平九郎は胡座を組み直して、戸口を見た。廊下に夕日が射している。しかし、もう日が沈むまでにいくらもないだろう。

「今夜はここに泊まって、明日江戸を離れるか」

左馬助は腰を据えるようなことをいうが、

「おれは今日のうちに江戸を離れたほうがいいと思う。お律を返したのだ。あの娘は知っていることを何でも話すはずだ。町方は動かぬだろうが、万にひとつ目付にでも知らされたらことだ」

米太郎は用心深い。

「八十五郎に舟を都合させればすむことだ。やつはそうするといっている」

平九郎がそういったとき、表に行っていた八十五郎が戻ってきた。

「雨戸の音は、風に飛ばされた枝があたっただけです。それより、浪人奉行らがうろついています」

八十五郎は緊張の顔つきでいった。

「なんだと」

平九郎は目を厳しくした。

「それも三人です」

「用心棒はひとりではなかったのか？」

「米太郎さんが斬った男もいます。死んでいなかったんです」

「生きていたのか」

米太郎は唇を嚙んでから、

「どうする？」

と、平九郎を見た。

「ここに乗り込まれるわけにはいかぬ。先にしかけて始末しよう」

百姓家をあたっていた兼四郎たちは、定次の聞き込んだ百姓からの証言をもとに、賊は最初の隠れ家に戻ったと判断した。

定次に証言した百姓はこういったのだ。

「ついさっき、村道を東に歩いて行く侍を見ました。四人ばかりいて、ひとりが箱を担いでいました」

それは満願寺東側の方角だった。それを聞いた定次はすぐに、お律が監禁されていた屋敷だと見当をつけた。兼四郎もその話を聞いて確信を持った。

もう、そこまでいくらもなかった。

賊が隠れ家に使っていた屋敷の屋根に薄日があたっていた。もうあたりは日が翳り暗くなりつつある。ときおり突風が吹き、林の木々を揺らし、藪をざわめかせた。

兼四郎は葦藪のある古川沿いの道で立ち止まった。目あての屋敷に目を光らせ、周囲に警戒の目を配る。

「官兵衛、おまえは定次とあの屋敷の裏にまわれ。無理はするな」

兼四郎は官兵衛の左腕の傷を慮《おもんぱか》った。先程から官兵衛は斬られた左腕を庇いながら気にかけている。浅傷だと本人はいうが、ただの強がりのような気がしていた。

「わかった。定次、川をわたってまわり込もう」

官兵衛はそう応じてから、

「もしいなかったらどうする？」

と、兼四郎に問うた。

「やつらがこっちに来たのはたしかだ。遠くまでは行っていない。あの屋敷にいなかったら、もっと先を捜すだけだ。もう日が暮れる。急ごう」

兼四郎は官兵衛と定次が粗末な木橋をわたって古川の対岸に姿を消したのを見届けて、屋敷に向かった。

ほどなく屋敷前に辿り着いた。戸口も雨戸も閉まったままで、家のなかに灯りはない。

そのまま庭に入り、戸口に近づき、耳を澄ました。話し声もなければ、人の気配もない。戸に手をかけて開けようとしたそのときだった。

「きさま、何者だ？」

背後から声をかけられた。

兼四郎はハッとなって振り返った。ひとりの男が立っていた。弱々しい西日を受けたままで男は黒い影となっているが、六尺はあろうかという大男だ。

「やはり、ここであったか」

兼四郎が口を開いたとき、男が刀の鯉口《こいぐち》を切った。

八

兼四郎も刀の柄に手をかけた。

「きさまの名は？」

兼四郎は黙っていた。相手の図体を見て、この男が頭役の塩見平九郎だと推察した。

「塩見平九郎であるか？」

兼四郎は問い返した。

相手の顔は黒い影になっているが、表情が変わったのがわかった。

「さようだ。きさまが浪人奉行などと名乗っている男か」

「いかにも。冥土《めいど》の土産に教えてやる。八雲兼四郎と申す」

「八雲、兼四郎……。岸本屋に雇われたか」

平九郎はじりじりと間合いを詰めてくる。その背後の空が茜色から黄金色《こがねいろ》に変わっていた。

「どうとでも取るがよかろう」

兼四郎は相手の攻撃に備えて、膝をわずかに曲げ、腰を落とした。

転瞬《てんしゅん》、平九郎が刀を鞘走《さやば》しらせながら地を蹴って斬り込んできた。

兼四郎は右に体を移しながら刀を抜くと、平九郎の一撃をかわしてそのまま背中に一太刀浴びせた。

だが、そうはならなかった。ガチッと半身の姿勢で平九郎に受けられた。

兼四郎はとっさに跳びしさったが、すかさず斬り込んでこられた。びちッと、小さな音がして菅笠の一端が切られ、刃風が鼻筋を掠《かす》めた。

すすっと下がった兼四郎は臍下《せいか》に力を入れ、青眼にかまえた。官兵衛がいったように油断ならない相手だ。

それに、自分に不意打ちをかけてきた男とは太刀筋も体つきも異なる。

（こやつ……）

内心で吐き捨てる兼四郎は気を引き締め直した。

近くの木の上で烏が、カアと鳴いた。

平九郎が正面から間合いを詰めてくる。同じ青眼の構えだったが、右八相《みぎはっそう》に刀を移し、左足から踏み込んで斬り下げてきた。

兼四郎はとっさにすり落とし、素早く刀を引きつけると突きを送り込んだ。平九郎は身をひねってかわし、大きく下がって間合いを外した。

立ち位置が変わり、平九郎の顔をはっきり見ることができた。

太い眉に強情そうなぶ厚い唇。相手を威圧する鋭い眼光。総身には殺気がみなぎっている。

「これだけの腕がありながら惜しい男だ」

兼四郎は隙を見出すために右にまわった。平九郎がそれに合わせて動く。

鬢《びん》の毛が揺れている。強い風が吹き、足許から土埃が舞いあがった。

「たあッ！」

兼四郎は気合い一閃、突きを送り込み、平九郎の構えを崩しにかかった。だが、横に動いてかわされ、すかさず逆袈裟《ぎゃくげさ》に斬り込まれ、つづいて袈裟懸けに斬り込まれた。

ぴッ。兼四郎の袖の一端が切られていた。

兼四郎は襷をかけ、草鞋穿きに手甲脚絆であるが、平九郎は袴の股立ちを取っているだけだ。それでも動きに乱れがない。

（できる）

官兵衛がいったことが実感としてわかった。

兼四郎はさっきとは違い左にまわった。

平九郎は動きを止めようと間合いを詰めてくるなり、突きを送り込んできた。

兼四郎は横に撥ね避けて、上段から脳天目がけて刀を振り落とした。

ガツン。

平九郎に受けられた。そのまま鍔迫り合う形になった。兼四郎は相手に押されるまま下がった。下がりながら離れる間合いを探る。

平九郎も容易に離れることができない。下手に離れれば、その瞬間に攻撃を受けることがわかっているからだ。

両者は安易に離れることができず、屋敷の表の道まで出た。

突き放せば、そのとき斬り込まれる。だからといってこのまま鍔迫り合っているわけにはいかない。

平九郎が強く押してくれば、兼四郎は強く受け止める。引かれそうになると押し込むように力を入れる。

息が乱れてきたが、悟られるわけにはいかない。静かに息を吸い吐く。互いに火花を散らすようににらみ合ったまま、駒のように二回転した。

兼四郎は一か八かの賭《か》けに出た。強く押し込むと同時に、パッと飛びしさったのだ。

うまくいったはずだった。だが、平九郎はそのときを待っていたように、会心の一撃を見舞ってきた。

兼四郎はすり落としてかわそうとしたが、平九郎の刀の切っ先が右袖口を切り、つづいて送り込まれてきた一撃が頬を掠めた。

一瞬、背中に冷たい水を浴びせられたような寒気を感じ、大きく下がって間合いを外した。平九郎は兼四郎が臆したと思ったのか、そのまま正面から斬りかかってきた。

「どりゃあ！」

上段からの鋭い一撃だった。

兼四郎は目をみはったまま、その場から動かずにいた。薄闇のなかで白刃が眼前に迫ったときに兼四郎は動いた。

九

ドスッ、と鈍い音がした。

兼四郎の一撃が平九郎の体をたたいたのだ。しかし、それは帯であった。その

ことに平九郎は驚いたように跳びしさって構え直した。

兼四郎は大きく右足を踏み込んだ低い姿勢で残心を取っていた。

「平九郎」

新たな声がして、黒い影があらわれた。

「左馬助、助太刀無用だ」

平九郎はあらわれた男にいって間合いを詰めてきた。

「そうはいかぬ」

左馬助も横に並んで兼四郎に剣尖《けんせん》を向けてきた。

「こやつ、できる」

平九郎が低声を漏らせば、

「ならば、なおのこと」

と、左馬助が兼四郎に迫ってくる。

もうあたりは薄暗く、西の空にあわい光があるだけだった。

兼四郎の呼吸は乱れていた。それは平九郎も同じだ。だが、新たな敵があらわれたいま、兼四郎の不利は否めない。

（一旦退こう）

兼四郎はそう決めると、ゆっくり後じさり、目の前の敵から距離を取った。左馬助は詰めてくるが、兼四郎はさらに下がると、さっと身を翻《ひるがえ》して近くの木立に駆け込んだ。

「待て！」

左馬助の声が追いかけてきたが、兼四郎は安全な場所まで逃げるのを優先した。

その頃、官兵衛と定次は平九郎らの隠れ家になっている屋敷の南にいた。屋敷から三町ほど離れた場所だ。それは屋敷から出て行った人影を見たからで、官兵衛と定次は賊のひとりだと思い尾けていたのだが、古川を渡った百姓地でその姿を見失っていた。

「官兵衛さん、わからなくなりましたよ」

定次が官兵衛に顔を向けてきた。

あたりに注意の目を配っていた官兵衛も、短くうなるような声を漏らして、

「どうする。戻るか……」

と、定次を見た。

もう日が落ちかけている。あたりに漂っていた夕靄も夜の闇に溶け込もうとしていた。西の空に浮かぶ雲が日没前の日の光ににじんでいるだけだ。

「気になりますが、わからなくなったんじゃしょうがありません」

「よし、戻ろう」

官兵衛の決断は早い。ときどき左腕が疼《うず》き、力を入れると痛みが走る。そのことが腹立たしく、ちくしょう、と内心で吐き捨てていた。だが、その腕を斬った米太郎という賊になんとしてでも仕返しをしたい。

（このまま引き下がっておれるか）

というのが、官兵衛のいまの気持ちで、常にない闘争心を燃やしていた。だが、左腕を思うように動かせないのが、何とも歯痒《はがゆ》い。

「旦那はどうしているでしょう」

先を歩く定次がつぶやく。

「兄貴は周到だ。見張っているのではないか……」

官兵衛はそう答えてから、もう日が沈むなと暗くなっている西の空を見た。古川に架けられた橋を渡り、満願寺の東側の屋敷に向かう。竹藪が風に騒いでいた。椎《しい》や楢《なら》の生える狭い道が北へつづいている。薄暗い道は白っぽく見える。

「官兵衛さん！」

いきなり定次が悲鳴じみた声を漏らして跳び下がった。同時に竹藪のなかからひとりの男があらわれた。

「きさま、まだ生きておったか！」

あらわれたのは大橋米太郎だった。官兵衛を斬った男だ。右手に抜き身の刀を持ち、それをゆっくり構えた。

「きさまか、捜すまでもなくあらわれおって。望むところだ」

官兵衛は腰の刀を抜きながら応じ返した。

「さっきは油断であった。金箱はどこへやった？」

官兵衛は間合いを詰めながら問うが、米太郎は無言のまま斬り込んできた。官兵衛は体をひねってかわすなり、右手一本で持った刀を横薙ぎに振った。

ビュン、と刃風はうなったが、米太郎の体をかすりもしなかった。即座に体勢を整え直した米太郎は右八相に構え、左足を前に出してじりじりと間合いを詰めてくる。

官兵衛は一度両手で刀を持ったが、左腕が疼くので、右手一本に持ち替える。

米太郎が地を蹴って鋭い突きを送り込んできた。官兵衛は右へ半尺動くと同時に、右手一本で刀を袈裟懸けに振った。かわされる。米太郎が下からすくいあげるように斬りあげてくる。

斬られてはたまらないので官兵衛は下がる。そこへ米太郎はまたもや上段から斬り込んできた。官兵衛がかわすと、胴を打ち抜きにくる。

官兵衛は下がりながらガツンと米太郎の刀を打ち落とすように払った。

「かかってこぬか」

米太郎が青眼の構えになって誘いかけてくる。

官兵衛は逃げるかかわすかで、なかなか攻撃に転じることができない。やはり右手一本では普段のようにいかないとわかる。大粒の汗が額から頬を伝い顎からしたたり落ちていた。

すでに官兵衛の息はあがっていた。細身で撫で肩の米太郎は平然としているが、一息入れるように間合いを外した。

そのときだった。

「えいッ」

定次が礫《つぶて》を米太郎に向かって、二度、三度、四度と投げた。

礫は米太郎の胸や腹、腕にあたった。米太郎はかわすために、刀で受けようとしたが、定次の再度投げた礫が額にあたり、「うっ」と短くうめいた。

その瞬間、米太郎に隙を見出した官兵衛は、地を蹴って斬り込んでいった。刀は薄闇を切り裂きながら大きな弧を描いて米太郎の左肩に食い込んだ。

血飛沫が短く飛び散ると同時に、米太郎は大きく下がって、斬られた肩口を自分の右手で押さえた。

「くくっ……」

歯を食いしばってにらんできたが、官兵衛には戦意を失っているのがわかった。

攻めるのはいまだとばかりに、右手一本で持った刀を目の前の藪を払い斬るように振りまわした。

米太郎は官兵衛の迫力と肩口を斬られたことで、気持ちがくじけたらしく大きく下がった。

「ええい、逃げるとは卑怯」

　官兵衛は刀を振りあげ、鬼の形相《ぎょうそう》で追ったが、米太郎はさっと身を翻すと、竹林に飛び込んだ。竹林のなかは表よりさらに暗く、視界が利かなくなった。足音は風に騒ぐ竹の音でかき消されていた。

「官兵衛さん……」

　定次が横に立った。

「見えなくなった」

「あの屋敷に戻ったんじゃないですかね。それより腕はどうなんです？」

　定次は官兵衛の左腕を気にするように見た。

「どうってことない」

　官兵衛は吐き捨てると、表の道に戻り、あたりに目を凝らし、道ばたの草の上にどっかりと腰を下ろした。

「どうするんです？」

　定次が横に来ていう。

「さっきはおぬしに助けられた。礼をいう」

「そんなことはどうでもいいです。旦那はどうしてるんでしょう」

官兵衛は屋敷のほうに目を向けた。屋根越しに星の瞬きが見えた。もう日が落ちていた。風はあるが空を覆っていた雲はすっかり払われ、痩せ細った月が東の空に姿を見せていた。

ざざあっと、竹林が一陣の強い風にあおられて音を立てたときだった。官兵衛は自分たちが戻ってきた道に人の姿が浮かんだのを見た。

相手は暗がりにいる官兵衛と定次に気づいていない足取りだ。

「誰だ……」

官兵衛はそのまま、尻をすって小さな藪の陰に入った。定次もならって隣に来て身を隠す。

あらわれた男はどんどん近づいてくる。百姓ではない。星明かりに浮かぶその姿がはっきり見え、顔の見分けがつくようになった。

「やつだ」

定次が声を漏らした。

十

「地蔵堂の前にやって来た男です。金箱を取りに来た八十五郎というやつです」

定次が低声で教えてくれた。

官兵衛はその男に目を注ぎつづける。もうその距離はいくらもない。官兵衛はどうしてくれようかと忙しく考えた。

ここで取り押さえて、賊のことを洗いざらい聞いてもいいが、あとを尾けて行き先をたしかめるのがいいか。だが、賊が近くにいるのはわかっている。

（敵は多いより少ないほうがいい）

官兵衛は肚を決めた。

八十五郎はまったく自分たちには気づかずに歩いてくる。股引に小袖を端折ったなりだが、腰には大小を差している。元は武士だというのはわかっている。いかほどの腕があるかわからないが、ここは闇討ちをかけようと官兵衛は考えた。

「来ます」

定次が官兵衛の袖を引いた。官兵衛は動くなと目顔でいい聞かせ、八十五郎に視線を注ぎつづける。

その距離が三間から二間、一間となり、目の前を通り過ぎた。まったく官兵衛らには気づかなかった。

官兵衛は音もなくすうっと立ちあがると、八十五郎の背後に足音を殺して忍び寄った。

数間歩いたとき、八十五郎が官兵衛の気配に気づいて振り返った。ハッと目を見開き、驚いた顔をして腰の刀に手をやろうとしたが、その瞬間、官兵衛はさっと体を寄せるなり、右腕を首にまわして倒した。

「ヤッ、何を……」

八十五郎の声は官兵衛に口を塞がれて途絶えた。官兵衛は仰向けにした八十五郎の胸を膝で強く押さえつけ、身動きできないようにしていた。

定次が素早く八十五郎の刀を奪い取って下げ緒《さお》をほどいた。

「聞くことに正直に答えるのだ」

官兵衛は八十五郎の首に刀の刃をあてがった。押さえられている八十五郎は、驚愕したような顔で見あげてくる。

「きさまの他に仲間は三人だけなのだな」

「…………」

「答えろ」

官兵衛は首にあてがった刀に少し力を入れる。

「そ、そうだ」

八十五郎はかすれ声を漏らした。

「金箱はどこに運んだ。どこにある？」

「……………」

「いわぬか。いいたくなければ、このまま首をかっ切る。教えるのだ」

八十五郎は口を引き結んだ。

「おまえらのことは大方わかっているが、おれにとってはどうでもいいことだ。金箱がどこにあるか教えてくれれば、命だけは助けてやる。金より命であろう。どうする……」

「……………」

八十五郎は体を小さくもがいた。だが、官兵衛の目方《めかた》が胸を押さえている膝にかかっているので無駄なことだった。

「どこだ、いえ、いうんだ」

官兵衛は膝に力を入れ、首にあてがっている刀にも力を込めた。

「いう、いうから斬らないでくれ」

「どこだ？」

「あの屋敷……」

八十五郎はそういって、目玉を例の屋敷のほうに動かした。

「お律を押し込めていたあの屋敷だな」

八十五郎は小さくうなずいた。

そのとたん、官兵衛は素早く刀を動かし、柄頭《つかがしら》で八十五郎の頭を殴りつけて気絶させた。

「定次、縛りつけろ」

命じられた定次が気を失っている八十五郎を腹這いにし、下げ緒を使って後ろ手にきつく縛りあげた。

「まいるぞ」

官兵衛は先に歩き出した。

明るい星空の下、夜の帳《とばり》に包まれた村が広がっている。

兼四郎の目は賊の最初の隠れ家となった屋敷に注がれていた。その屋敷内に灯りがともったのは、つい先ほどのことだった。雨戸と戸口の隙間からその灯りが小さくこぼれている。

塩見平九郎と近藤左馬助がその屋敷にいるのはわかっていた。兼四郎は体力を温存させるためと、官兵衛と定次が近くに来るのを待っていた。

気を逸《はや》らせて乗り込むのは控えるべきだった。塩見平九郎も近藤左馬助も並の腕ではない。左馬助は自分に闇討ちをかけた男だ。その体つきから間違いなかった。さらに平九郎の仲間が他に二人いる。

(官兵衛、定次、どこにいるのだ)

兼四郎は闇に包まれているあたりに視線を這わせるが、二人の姿はどこにもない。野路を吹きわたる風の音がするだけだ。その風は日が暮れてから少し弱まっていた。

近くの林から烏の鳴き声が聞こえてきて、村の奥で犬の遠吠《とおぼ》えがしていた。

兼四郎は立ちあがると、ゆっくりと木立を抜けた。官兵衛と定次があらわれないのは、もしや賊の手にかかったからではないかといういやな想念が浮かんだ。賊らのいる屋敷に注意を払いながら足を進め裏にまわったが、官兵衛と定次の姿はない。自分に気づけば出てくるはずだが、しばらく待ってもその気配はなかった。

兼四郎は古川沿いの道に出た。星明かりに浮かぶ葦の藪が、ざわざわと音を立てながら風になびいている。

（どこへ行ったのだ）

立ち止まって暗くなっているあたりに目を光らせたとき、背後の土手に人の気配を感じた。兼四郎はさっと振り返って刀の柄に手をそえた。

「兄貴……」

黒い影となってあらわれたのは官兵衛だった。

十一

平九郎は金箱を置いた座敷で、米太郎の傷の手当てをしていた。

「我慢しろ」

傷は思いの外深い。血止めをするが、すぐに晒は真っ赤に染まる。米太郎は歯を食いしばって耐えているが、顔色が悪くなっていた。

「もういい。こんな傷……」

米太郎は痛みを堪《こら》えているがつらそうだ。

「しばらく休んでいるのだ」

平九郎は米太郎にいい置いてから、戸口で見張りをしている左馬助を見た。

「どうだ？」

「わからぬ。近くにいるはずだが、姿が見えぬ。暗くなったせいだ」

左馬助はそのまま座敷に戻ってきた。

「八十五郎の帰りが遅いな。まさか、あやつらの手にかかったのではなかろうな」

平九郎は左馬助を見ていう。

「八十五郎はやつらを捜すついでに舟の都合をつけるといっていたから、曳舟川あたりまで足を延ばしているはずだ。それにしてもあの野郎……」

壁に凭《もた》れている米太郎が唇を嚙んで、大きなため息を漏らした。

「おぬしを斬ったのは、八雲という浪人奉行の手下だったのだな。そばにはもうひとりいたといったが……」

平九郎は米太郎を見る。

「そやつも浪人奉行の手下であろう。あやつが礫を投げなかったら斬られることはなかった。おれが斬り捨てていたはずなのだ。それが……」

「米太郎、気持ちはわかるが、無理はいかぬ」

「それで、どうするのだ？」

「相手は三人。そうであるな」

「そのはずだ」

平九郎は短く考えてから左馬助を見た。

「左馬助、ここにいつまでもいるわけにはいかぬ。金はあるのだ」

平九郎はそういって言葉をついだ。

「八十五郎が戻ってきたら、金を運ぶことにしよう」

「浪人奉行らが表にいるのではないか」

「相手は三人だ。こちらから姿を見せれば、出てくるだろう」

「真っ向勝負すると……」

左馬助が目を光らせる。

「いかにも。いつまでもこんなところでくすぶっているわけにはいかぬ。八十五郎はきっと舟の都合をつけて戻ってくる」

「それまで待つというわけか。だが、八雲という浪人奉行が助っ人を呼びに行っていたならいかがする。やつは逃げたではないか」

平九郎もそのことは懸念していた。

自分の影を揺らす燭台の炎を凝視し思案した。たしかに、助っ人を呼ばれたらことである。せっかくここまでうまくやって来たのに、思いもよらぬ邪魔が入ったことが歯痒いが、どうすることもできない。

「平九郎、左馬助、浪人奉行なんて騙りだ。そんなお役なんぞどこにもない。八雲と名乗ったやつは、岸本屋に雇われた用心棒であろう。さっさと片をつけてしまえばよいではないか」

米太郎はそういったあとで、うっと顔をしかめた。傷口にあてがっている晒が、また赤く染まっていた。顔色もよくない。

「平九郎、おれもそう思う。ここにいては何も先には進まぬ」

左馬助が苛立ったようにいって立ちあがった。

「八十五郎はどうする」

「八雲らを始末するのが先だ。やつらは小蝿《こばえ》みたいな邪魔者に過ぎぬ。何も臆することはないのだ。そうではないか」

「……たしかに」

平九郎は短く考えてから、

「よし、そうしよう」

と、畳を蹴るように立ちあがった。

「おれも行く」

米太郎が刀を杖にして立ちあがろうとしたが、力が抜けたように尻餅をついた。平九郎は憐憫《れんびん》を込めた目で米太郎を見て、こやつは長くないかもしれないと思った。顔色も悪いし、唇から血の気が失せていた。

「米太郎、八雲らは左馬助と二人で始末する」

兼四郎は官兵衛と定次といっしょに、目の前の屋敷を見張っていた。戸障子に屋内の灯りが映っている。

星明かりに照らされている庭の木々は少し前まで揺れていたが、いまは静かになっていた。風がやんだのだ。

「兄貴……」

官兵衛が注意の声を漏らした。

兼四郎も気づいていた。戸口から二人の男が出てきたのだ。

塩見平九郎と近藤左馬助だ。草鞋穿きに襷をかけ、袴の股立ちを取っていた。

「二人だけか……」

兼四郎がつぶやくと、

「大橋という野郎はおれが斬ったから動けないのかもしれぬ。手応えから傷は浅くないはずだ」

と、官兵衛が庭に出てきた二人を凝視して低声を漏らした。

そのとき、平九郎があたりを見まわして声を張った。

「浪人奉行とやら、そばにいるなら出てこい。わしらは逃げも隠れもせぬ。勝負だ」

兼四郎は平九郎と左馬助を見た。やはり、大橋米太郎は出てこない。戸部八十五郎という男は、官兵衛に倒され身動きできないでいる。

「どこだ！　どこにいる！」

今度は左馬助が声を張った。

木立のなかにいた兼四郎はすっくと立ちあがった。

「官兵衛」

「おお、わかっておる」

官兵衛はそういって立ちあがろうとしたが、兼四郎はいきなりその後ろ首に手刀を見舞った。

「うッ……」

官兵衛はそのまま気を失って横に倒れた。

「旦那、なんてことを……」

定次が驚き顔を向けてきた。

「官兵衛にはこれ以上無理はさせぬ。腕に傷を負っていては戦うことはできぬ」

「それじゃ旦那ひとりで……」

「定次、あの二人はかなりの練達者だ。おまえも手出ししてはならぬ」

「しかし……」

「官兵衛といっしょにここにいるのだ」

兼四郎はそう命じると、木立のなかから表の道に出た。

庭に立っている平九郎と左馬助を見ると、

「浪人奉行、再び参上！」

兼四郎は臍下に力を入れて足を進めた。

十二

兼四郎は庭に入った。

塩見平九郎と近藤左馬助は母屋を背に仁王立ちになり、庭に入ってきた兼四郎を黙したままにらみ据えた。総身に殺意をみなぎらせているのがわかる。

「肚は括っているのであろうな」

平九郎が静かな声を漏らした。

「申すまでもない」

兼四郎は菅笠の紐を解くと、さっと飛ばした。菅笠はくるくると舞い、欅の根方に落ちた。

「きさまらの奸計を見逃すことはできぬ」

「ほざきおって」

左馬助がさっと刀を抜いて八相に構えた。

兼四郎は刀の鯉口を切って、二人の動きを見るために横に動いた。広い庭には松や楓の他に楠と欅が植わっている。蕭々《しょうしょう》たる風がそれらの梢《こずえ》を揺らしていた。

「いざッ」

平九郎が大刀を抜き払って青眼に構えた。

兼四郎は楠の下に立って、すらりと刀を抜き身構えた。剣尖を中段に据え、ゆっくりあげてゆく。

左馬助が兼四郎を挟み込むように、足を交叉させながら動いた。兼四郎がさっとそちらに刀を向けると、左馬助は刀を上段に移した。

疲労は消え、体力は温存している。不覚を取ってはならないので、兼四郎は慎重に二人の動きを警戒した。並の使い手でないのはわかっている。

平九郎が間合いを詰めてきた。兼四郎は目の端でその動きを見ながら、

「やあッ！」

と、左馬助に牽制《けんせい》の突きを送り出した。

刹那、平九郎が斬り込んできた。兼四郎は引きつけた刀で撥ねあげると、敏捷に横に跳び、横合いから斬りかかってきた左馬助の刀を擦《す》り落とすなり、逆袈裟に斬りあげた。

「うッ……」

左馬助が短くうめいたのは、その頬をかすり斬ったからだ。頬に細い筋が走り、血が滴《したた》った。左馬助の大きな目が凶暴に光った。

「きさま……」

星明かりに浮かぶ左馬助が頭に血を上らせたのがわかった。

兼四郎は冷静さを保ちながら、

「さほどの腕ではないな」

と、怒りを挑発させた。

「愚弄しおって」

左馬助はそう吐き捨てるなり、袈裟懸けの一撃を見舞ってきた。

兼四郎は体をひねってかわすなり、刀を横薙ぎに振り切った。

ぴちっと、小さな音がした。左馬助の左手甲を斬ったのだ。とたん、左馬助は刀を落としそうになったが、堪えて構え直した。

兼四郎はそれにはかまわず、首の付け根を狙って斬り込んできた平九郎の刀を受け止めた。そのまま鍔迫り合いになるのは不利なのがわかっているので、発条《ばね》仕掛けの人形のように跳びしさって間合いを取った。

瞬間、左馬助が右手一本で撃ち込んできた。兼四郎は少しも慌てず、その太刀筋を外すと、裂帛の気合いを発して左馬助の背中に一太刀浴びせた。

「あうッ……」

左馬助はよろめきながら振り返ったが、兼四郎は容赦なく額から鼻筋にかけて斬り下ろした。

「ぎゃあ！」

額から血飛沫を飛ばしながら左馬助は数歩よろめき、そのまま大地に倒れた。

「左馬助」

平九郎が慌てた顔で倒れた左馬助を見て、兼四郎に鬼の形相を向け直した。

「きさま、許さぬ」

平九郎が詰めてくる。

兼四郎は庭の中央に立ち、平九郎の足の運びを見た。腰の据わった無駄のない足さばきだが、仲間を斬られたことで肩と腕に力が入っているのがわかった。それでは刀を素早く振ることができない。

「塩見平九郎、きさまらの悪計、天に代わって成敗してくれる」

「ほざけッ」

平九郎が斬り込んできた。

右、左、右と面を狙っての攻撃であった。兼四郎はことごとく横へ払いながら下がる。その度に短い火花が散った。

星明かりに二人の影が交叉し、パッと二間ほど離れて対峙《たいじ》した。

両者青眼の構え。平九郎の呼吸は乱れていた。肩が上下にはっきり動いている。

兼四郎は常と変わらぬ呼吸で間合いを詰める。刀の切っ先は平九郎の喉に向けられている。

間合い一間で突きを送り込むと、平九郎が打ち払うように刀の平地を合わせてきた。二人は同じ方向を向き、刀を合わせたまま二間ほど横に動いた。

先に兼四郎が地を蹴って離れ、素早く正対した。そこへ平九郎が喉元を狙った突きを送り込んできた。

兼四郎の羽織の袖口が掠め切られた。その直後、兼四郎の刀は平九郎の脾腹《ひばら》を抜くように斬っていた。

「うぐッ」

平九郎が驚愕した顔で振り返った。その瞬間、兼四郎は袈裟懸けに刀を振り、平九郎の肩から胸にかけて斬り裂いていた。

「き、き、きさま……」

平九郎はそれだけをいうと、両膝を地につき、ゆっくりうつ伏せに倒れた。

兼四郎は残心を取ったまま倒れた平九郎を短く眺め、それからフーッと大きく息を吐いた。

「旦那……」

二人を倒した兼四郎のもとに定次が駆け寄ってきた。

「官兵衛はいかがした？」

「いま、気を取り戻したばかりです」

定次がそういったとき、官兵衛が庭に入ってきた。

「兄貴、ひでえじゃねえか」

「許せ」

官兵衛はあきれたように首をすくめ、庭に倒れている平九郎と左馬助を眺めた。

「家のなかをたしかめる」

兼四郎は懐紙《かいし》で刀を拭ってから家のなかに入った。用心しながら廊下を進むと、そこに燭台の灯りに照らされた座敷があった。

大橋米太郎が壁に凭れ、足を投げ出し、がっくりと頭を落として息絶えていた。その近くに金箱が置かれていた。

「定次、金を……」

兼四郎に促された定次が、金箱の蓋を開けて中身をたしかめ、

「手はつけられていないようです」

と、顔を向けてきた。

「よし、それじゃ岸本屋に運ぼうではないか。やれやれだ」

官兵衛がぼやきながら金箱に手をかけ、

「定次、おれの背中に載せるんだ。運ぶのはおれだ。まかせておけ」

と、腰をかがめた。

「腕の傷はいいんで……」

「たいしたことはない。早くしろ」

「へ、へい」

十三

兼四郎たちが岸本屋に着いたのは、四つ（午後十時）に近い刻限だった。

戸口で訪《おとな》いの声をかけると、真っ先に出てきたのが惣兵衛だった。驚きと安堵の表情をいっしょくたにし、金箱を取り返したことを告げると、

「ま、まことでございますか！　それは大変なおはたらきを。ささ、どうぞおあがりください」

と、嬉々とした表情を浮かべ、座敷に通すなり、やれ腹は減っていませんか、何かご所望の飲み物があれば何でも出しますと、下にも置かぬもてなしである。

「いやいや、もう夜も遅い。それに少々疲れた。それより金をたしかめるのが先

であろう」

兼四郎がいうと、

「そうでした、そうでした」

惣兵衛は官兵衛が運んできた金箱に取りつきあらためはじめた。

「腹は減っているし酒も飲みたいのだがな……」

官兵衛が低声でいうのを、兼四郎は膝をたたいて窘《たしな》めた。

「それぐらいいいだろう。危うく殺されかけたのだ」

官兵衛は不平顔をする。

「まあ、今夜は早く帰って体を休めるのが先だ。それに傷の手当てもしなければならぬだろう。百合殿に介抱してもらうんだ」

「ま、そうではあるが……」

そんなやり取りをしている間に、惣兵衛は金箱をあらため、

「あらためて勘定しなければなりませんが、この嵩《かさ》から間違いないと思います。いや、それにしてもお世話になり、なんとお礼をしたらよいかわかりません。律も金も無事に戻ってきて、嬉しゅうございます。このとおり御礼を申しあげます」

惣兵衛は深々と頭を下げて礼をいった。

「お律は元気にしているのだな？」

兼四郎が聞いた。

「はい、家に戻ってくるなり、ようやく安心したらしく、そのまま倒れるように寝てしまいました。起こして呼んでもよいのですが、あらためてお礼をさせようと思います」

「元気なら気にすることはない。いずれにせよ、約束は果たした」

「はい、ほんとうにお礼の言葉もございません。八雲様、ほんとうにほんとうにありがとうございました」

惣兵衛は何度も礼をいったあとで、

「八雲様たちは岸本屋にとって福の神様。何よりすべてまるく収まり感謝の念に堪えません。心ばかりのお礼ではございますがお受け取りくださいませ」

と、金箱に手を突っ込んで三十両を勘定し、それを兼四郎の膝許に差し出した。

「これは……」

過分だといおうとすると、惣兵衛が遮った。

「不服でございますか?」

と、商売人の顔になった。

「いや、十分だ。せっかくの志《こころざし》をむげにするわけにはいかぬ。遠慮なくいただいておく」

兼四郎はそういって金を引き寄せた。

官兵衛が満足げに頬をゆるめてうなずいていた。

岸本屋をあとにすると、兼四郎は四谷御門前で立ち止まり、

「明日にでも升屋に会って話をし、此度の手間賃をもらったら早速届ける」

と、官兵衛に告げた。

その前に岸本屋からもらった三十両は三人で分けていたので、官兵衛は機嫌よさそうな笑みを浮かべていた。

「まずは腕の傷を治すのだ。気をつけて帰れ」

「ああ、兄貴もな。定次、おぬしもご苦労であった。では、またな」

官兵衛が歩き去ると、兼四郎と定次も家路についた。

翌朝、兼四郎は自分の店に出るいつもの身なりで、升屋を訪ねた。奥座敷に早

速通されたが、そこには栖岸院の住職・隆観の姿もあった。

「何もかも定次から話は聞いた。八雲殿、此度はずいぶん危ない目にあったようであるな。とにもかくにもご苦労じゃった」

先に口を開いたのは隆観だった。剃《そ》りたての頭が、障子越しの日を受けてぴかぴかと光っていた。耳の穴からぼそっと生えた毛も剃ればいいのにと思うが、それは口にせず黙っている。

「此度はさすがに往生いたしました」

「なんでも相手は元幕臣だったと聞きました。それもかなりの剣の使い手で、橘様はお怪我をされたとも……」

升屋九右衛門が心配そうにいった。

「傷は浅そうなので、さほど心配することはないでしょう」

「それならよいのですが、とにかくご苦労様でございました」

「それにしても、金目あての人攫いが御徒組の者だったとはあきれたことよ。お上がこのことを知ったら、さぞやお嘆きになるであろう。軽輩の徒とはいえあってはならぬこと。わたしのほうからそれとなく、上の方たちに話をしてみよう」

隆観はそういってからずるりと音を立てて茶を喫した。栖岸院の住職である彼は、将軍に単独で拝謁《はいえつ》できる寺格《じかく》を許されているので、幕府重役らに顔が利くのだ。

「和尚様、そのあたりのことはうまく話していただきとうございます」

升屋が穏やかに諫《いさ》めると、隆観はすぐに応じた。

「わかっておる、わかっておる。それにしても岸本屋は娘を攫われて人質にされ、金を強請《ねだ》られはしたが、娘も金も戻ってきた。おまけに男の赤子も生まれたそうであるな。禍福《かふく》はあざなえる縄の如しとはよくいうたものじゃ」

「まったくでございますね。茶を差し替えましょうか」

升屋は気を遣ったが、隆観はもう十分だと断った。

それから短い世間話をして、兼四郎は升屋を出た。

送り出してくれた定次を振り返ると、

「急ぐことはないだろうが、暇な折を見て官兵衛にわたしてくれるか」

と、升屋からもらった手間賃のなかから、官兵衛の取り分をわたした。

「承知しました。それにしても今度ばかりは、あっしも肝を冷やしました。こうやって地に足をつけて立っていられるのは何よりです」

「まったくだ」

兼四郎はそう応じてから、

「さて、おれは居酒屋の主に戻らなければならぬ」

といって、定次と別れた。


その日、店に入ると掃除をし、簡単な仕入れをすませ、いつものように夕方になると暖簾を出して客の来るのを待った。

日が落ちかかった頃に、表から声が聞こえてきた。

「お、開いてるじゃねえか」

「ほんとだ。狐《きつね》に化かされてんじゃねえだろうな」

そんなことをいいながらやって来たのは、大工の松太郎と辰吉だった。

「なんだ、なんだ大将。ひでえじゃねえか、今度もどっかに野暮用《やぼよう》で出かけてたんだろうが、貼り紙もなしだったじゃねえか」

松太郎が文句をいう。

「いやあ、すまねえ。今度はその暇がなかったんだ」

兼四郎は居酒屋の主らしく頭を下げて謝り、なんにするんだと聞いた。

「野暮なこと聞くんじゃねえよ。おれたちゃ酒飲みに来てんだからよお。茶なんか出されたらたまったもんじゃねえよ」

「ああ、まったくだ。酒だ酒。熱いのをつけてくれ」

辰吉もそういって、短い足を組む。そこへ下駄音がしたと思ったら、すぐに寿々が暖簾を撥ねあげて入ってきた。

「なんだい、大将。貼り紙もしないで店閉めてるから、どっかにとんずらしちゃったんじゃないかと心配していたのよ」

寿々は膨《ふく》れ面《つら》でいうが、どこか嬉しそうだ。

「すまねえ。ちょいと急ぎの用ができちまってね。つけるのかい？」

「もちろんよ。あんたたち、もっとそっちへどいておくれ。しっしっ」

寿々はそういって大きな尻を床几に下ろした。

「なんだよそんないい方はねえだろう。おれたちゃ犬じゃねえんだ」

松太郎が文句をいえば、

「あら、あんたたちより犬のほうがよっぽどましじゃないの」

と、寿々は減らず口をたたく。

「まったくいやなことをいいやがる。今夜はお寿々さんのつけで飲んじまうかな」

辰吉があきれ顔で首を振る。

「いいわよ。あんたたちの酒代ぐらい、持ってあげるわよ。大将、そういうことだからね」

「なんだ、何かいいことあったのかい。やけに気前いいじゃねえか」

「松っつぁん、そんなことというと奢《おご》ってあげないわよ」

まったくにぎやかな客である。

板場で仕事をする兼四郎はそんなやり取りを聞くともなしに聞きながら、平穏であることが何より一番だと思うのであった。

この作品は双葉文庫のために書き下ろされました。

双葉文庫

い-40-54

浪人奉行《ろうにんぶぎょう》

十二ノ巻《じゅうにのかん》

2022年1月16日　第1刷発行

【著者】

稲葉稔《いなばみのる》

【発行者】

箕浦克史

【発行所】

株式会社双葉社

〒162-8540 東京都新宿区東五軒町3番28号

［電話］03-5261-4818(営業部)　03-5261-4833(編集部)

www.futabasha.co.jp(双葉社の書籍・コミックが買えます)

【印刷所】

中央精版印刷株式会社

【製本所】

中央精版印刷株式会社

【フォーマット・デザイン】

日下潤一

ISBN978-4-575-67089-9 C0193

Printed in Japan